MEIN AUSSERIRDISCHES SCHEUSAL

EIN DRACI-AUSSERIRDISCHEN-ROMAN

STASIA BLACK

D1666290

NEWSLETTER

Um über Neuerscheinungen und Buchverkäufe auf dem Laufenden zu bleiben, melde dich für meinen Newsletter an.

https://geni.us/SBA-nw-de-cont

KAPITEL 1

GISELLE

ICH FREUE MICH FÜR MEINE BESTEN FREUNDINNEN. Das tue ich wirklich. Sehr sogar.

Aber sie fehlen mir, ganz besonders an Tagen wie diesen.

„Ich habe dir doch gesagt, dass Mrs. Hofstetter unter keinen Umständen neben Mrs. Martinez sitzen darf", zischt Patricia mich an. „Sieh nur, was du angerichtet hast!"

„Aber sie sitzen doch nicht nebeneinander", verteidige ich mich und betrachte das ausgeklügelte Bankett. Das tun sie *wirklich nicht*. Ich habe etwa drei Stunden mit der Sitzordnung verbracht. Aber wenn es zwischen all diesen Society-Frauen Machtkämpfe und eine Million anderer kleiner Intrigen gibt, ist es fast wie der Versuch, eine Karte um Landminen herum zu zeichnen.

„Aber sie sitzen am gleichen *Tisch*." Wenn man Patricias Ton hört, könnte man meinen, ich hätte jemanden umgebracht. Und deswegen fehlen mir meine Freundinnen. Meine *echten* Freundinnen.

„Das ist ein Tisch mit drei Metern Durchmesser und sie sind so weit voneinander entfernt wie möglich."

„Es geht hier ums Prinzip. Du kannst darauf wetten, dass am Montag die Beschwerden eintrudeln werden. Ich werde sie alle direkt an dich weiterleiten."

Ich werfe ein wenig genervt die Hände in die Luft. „Okay. Von mir aus. Ich werde mich dann darum kümmern." Das hört man hier immer wieder.

Hier soll es eigentlich darum gehen, Geld für wohltätige Zwecke zu sammeln. So können Schulkinder aus der Innenstadt Stipendien für Sommerprogramme erhalten, die nachweislich einen enorm positiven Einfluss darauf haben, dass sie nicht in Verbrechen und Gangs verwickelt werden.

Aber interessiert das irgendeine dieser Frauen?

Alles, was sie interessiert, ist, ob Peggy das gleiche Kleid wie sie getragen und darin besser ausgesehen hat oder nicht. Oder wer mit wem eine Affäre hat.

Wenn es nicht um all das Geld ginge, das ich für gute Zwecke aus ihnen herausquetschen könnte, würde ich das Handtuch werfen.

Du musst an die Kinder denken, Giselle. Denk an die Kinder.

Ich lächle. „Gibt es sonst noch etwas, das ich für dich tun kann, Patricia?" Schließlich fängt man mit Honig Fliegen...

Patricia hebt die Nase in die Luft und schnieft. „Im Moment nicht. Sorg aber bitte dafür, dass diese faulen Bedienungen den Nachtisch rechtzeitig rausbringen. Bei der Wohltätigkeitsveranstaltung gegen Brustkrebs mussten wir fast zwanzig Minuten auf den letzten Gang warten. Zwanzig *Minuten!*"

„Ich kümmere mich darum." Ich lächle beschwichtigend.

Patricia starrt mich nur wütend an. „Das solltest du auch. Du weißt, es gibt im Komitee viele Leute, die gerne deinen Job hätten."

Was zum Teufel soll das denn?

„Was soll das denn heißen?" Normalerweise bin ich so gut darin, mich nicht auf solchen Mist einzulassen, aber heute kann ich es einfach nicht vermeiden. Normalerweise kann ich Hexen wie Patricia auslachen, weil ich dann Zeit mit Ana und Juliet verbringen kann und mich wieder normal fühle.

Aber jetzt sind sie so beschäftigt mit ihrem eigenen neuen Leben und ihren Babys, und ich bin immer noch einfach nur ... *ich*. Ich sitze hier in der langweiligen normalen Welt mit den Patricias und Peggys fest. Weil das mein Leben ist. Und das wird es immer sein.

„Du hältst dich wohl für was Besseres, weil dein Vater ein reicher Investmentbanker ist?"

„*Stiefvater*", verbessere ich sie durch zusammengebissene Zähne, doch sie beachtet mich gar nicht.

„Nun, mein Ehemann ist der *Senator* des Staates. Ich habe es *verdient*, dem Komitee vorzusitzen."

Ich kann nicht anders, als sie mit offenem Mund anzustarren. „Aber du interessierst dich doch einen Scheiß für die unterprivilegierten Kinder aus der Innenstadt."

Sie keucht. „*Pass auf, was du sagst.* Die anderen Frauen und ich haben uns darüber unterhalten, und wir sind wirklich nicht mehr der Meinung, dass du noch die beste Besetzung für diese Stelle bist. Und dein Benehmen heute beweist das."

„Machst du Witze? Ihr werft mich raus?"

Sie beugt sich vor, ihre kleinen Schweineaugen blinzeln grausam. „Und renn nicht heulend zu deinem Daddy. Wenn du das versuchst, wirst du dich nur noch mehr zum

Gespött machen. Versuch, ein wenig Respekt zu haben und dank mit ein wenig Würde ab."

Sie zieht das nur ab, weil sie weiß, dass ich nicht so bin wie sie. Ich werde kein Drama machen. Aber trotzdem möchte ich sie innerlich schlagen. Ich will sie so sehr schlagen.

Ich balle meine Hände zu Fäusten und meine Muskeln spannen sich vor Verlangen, ihr eine zu verpassen, an.

Aber ich bin die Tochter meiner Mutter, also gebe ich meinem Verlangen nicht nach, sondern mache auf dem Absatz kehrt und verlasse den Raum.

Ich stürme zur Hintertür hinaus und bleibe erst vor der Tür meines Autos stehen. Ich reiße sie auf, setze mich hinein und knalle die Tür hinter mir zu. Erst dort gebe ich meiner Wut nach und schlage mit voller Wucht auf das Lenkrad.

„Blöde, hässliche Hexe! Du wirst diese Wohltätigkeitsorganisation in den Ruin treiben und was werden die Kinder dann tun?" Ich schließe die Augen und schreie meinen ganzen Frust heraus.

Und dann wird meine Autotür von außen aufgerissen.

Was zum...?

Ich hebe den Blick und erwarte, Patricia oder eine der anderen Society-Hexen zu sehen, aber dann stoße ich einen überraschten Schrei aus.

Denn es ist nicht Patricia.

Es ist ein Außerirdischer, und es ist keiner, den ich kenne.

Er ist groß, über zwei Meter, und seine Haut ist eine gesprenkelte Kombination aus blasser menschlicher Haut und Flecken von dunkelvioletten Schuppen, als hätten sie die Verwandlung an ihm versucht, aber es hat nicht geklappt. Und ich meine, es hat wirklich nicht geklappt.

Sein Gesicht ist wie eine „Phantom der Oper"-Maske, halb Mensch, halb Außerirdischer, mit einer Nase, die sich nicht entscheiden konnte und die weder menschlich noch außerirdisch ist.

„Wer bist du?", flüstere ich. „Hat Shak dich geschickt?"

Er lacht verächtlich. „Nein, mein Bastard von einem Halbbruder hat mich nicht geschickt. Ich bin Erster und du kommst mit mir. Ich werde mich mit dir paaren, Kinder produzieren und dann meinen rechtmäßigen Platz als König wieder einnehmen."

Oh verd...

Doch bevor ich fliehen kann, greift Erster mich bei der Hüfte, streckt seine riesigen, violetten Flügel aus und hebt mit mir in die Lüfte ab.

KAPITEL 2

ERSTER

WARUM HÖRT DAS MENSCHENWESEN NICHT AUF ZU KREISCHEN? Es ist doch wohl offensichtlich, dass ich es nicht fallen lassen werde. Schließlich brauche ich es gesund und munter, sonst hätte ich es doch gar nicht mitgehen lassen.

„Hör auf zu heulen, ich lasse dich nicht fallen."

Aber diese Kreatur nimmt einfach keine Vernunft an. Sie kreischt weiter, so laut es geht. Zähneknirschend lasse ich das Geheule über mich ergehen und schlage noch schneller mit meinen Flügeln.

Ich bin sehr froh, dass die Umwandlung nicht vollständig geklappt hat, weil ich mir ein Leben ohne Flügel nicht vorstellen kann. Das ist ein weiterer Vorteil, den ich gegenüber dem angeblich rechtmäßigen König behalten habe. Meinem Bruder.

Wenn die Zeit gekommen ist, dann wird mein Volk sowieso mich zum rechtmäßigen Thronerben erwählen.

Aber zuerst habe ich andere Aufgaben zu erfüllen.

Zum Beispiel muss ich dieses Weibchen in mein Lager bekommen, ohne entdeckt zu werden. Ich halte ihr den Mund zu, um ihr Geschrei zu dämpfen und neige meinen Körper so, dass ich mit dem Wind statt dagegen fliege. Meine Verbündeten auf Draci III, dem dritten unserer drei Raumschiffe, haben das Satellitenüberwachungssystem der Menschen gestört, also sollte dieser kleine Abendflug unentdeckt bleiben.

Dennoch, sie können die Satelliten nicht für immer manipulieren, also habe ich nur ein kurzes Zeitfenster um diese Sache durchzuziehen und darf keine Zeit mehr verschwenden.

Wir sind so hoch geflogen, wie ich es mit einem Menschen im Schlepptau riskieren kann, aber nun, da das Anwesen in Sichtweite ist, kann ich in den Sinkflug gehen. Es handelt sich um eine abgelegene Ranch im Nordosten Kaliforniens. Hier draußen gibt es nichts außer Staub, Sand, Kakteen und Aasfressern.

Eigentlich steht mir ein Stadtpalast zu, aber ich wurde zum Exil an diesem Ort verdonnert. Das ist erniedrigend und entwürdigend. Schließlich bin ich Thraxahenashuash, der Erste unter den Söhnen meines Vaters. Na ja, in Wirklichkeit bin ich der Zweite. Aber ich war sein erster legitimer Sohn.

Nachdem meine Mutter für den Tod seiner großen Liebe gesorgt hatte, und – nein. Das ist jetzt unwichtig. Mutter war die Klügste aller Draci und ich habe sie in ihren letzten Minuten hintergangen. Weil ich ein sentimentaler Idiot war, genau wie mein Vater.

Mutter hatte die Wahrheit erkannt, und mein ganzes Leben lang versucht mir diese Wahrheit einzubläuen.

Das Wichtigste ist Macht um jeden Preis.

Der Zweck heiligt die Mittel.

Ich habe sie für das, was ich für Grausamkeit hielt, verurteilt. Aber jetzt verstehe ich sie. Jetzt, nachdem ich meine Lektion auf die harte Weise lernen musste. Sie hat nur getan, was sie tun musste. Die Entscheidungen, die sie traf, waren niemals leicht, aber immer die besten. Am besten für sie, am besten für unsere Familie und am besten für das Königreich.

Mein Vater war schwach, und das wusste Mutter genau. Sie konnte nicht zulassen, dass seine Schwäche alles zerstörte, was sie so mühsam aufgebaut hatte. Also tötete sie ihn. Zu der Zeit konnte ich das nicht verstehen. Ich sah nur den liebevollen Vater, der mir heimlich Süßigkeiten zusteckte und mir zuzwinkerte, wenn Mutter sich in eine ihrer Schimpftiraden hineinsteigerte. Ich sah den fröhlichen Mann, der mit mir tobte und mich zum Lachen brachte, vor vielen Jahren, als ich noch ein kleiner Welpe war.

Aber eine Nation ist mehr als nur eine Person. Wie oft hat meine Mutter das gesagt? Vater auch. Doch er hat das am Ende aus den Augen verloren, aber Mutter nie. Selbst als die Klingen der zeremoniellen Messer in ihre Kehle stachen und ihren Kopf vom Hals trennten, ruhte ihr Blick kalt und fest auf mir. Ich werde die Anklage in ihren Augen niemals vergessen.

Als ich schließlich mit der Frau auf dem Boden lande, atmet sie schwer und stolpert sofort von mir weg. Sie fällt schwer auf die Knie und krabbelt trotzdem panisch weiter.

„Steh auf", herrsche ich sie an.

Sie steht auf und rennt sofort vor mir weg.

Ich verdrehe entnervt die Augen. Für so etwas haben wir nun wirklich keine Zeit. Ich strecke mich vor und hebe problemlos ab. Mit wenigen Flügelschlägen habe ich sie eingeholt, packe sie von hinten und werfe sie nieder.

Schreiend und kreischend versucht sie mir zu entkommen, aber ich kann sie mit Leichtigkeit unterwerfen. Ich kann ihre beiden zarten Handgelenke mit einer Hand festhalten. Sie schreit noch lauter und zerrt, um sich zu befreien.

„Willst du dich etwa selbst verletzen?", knurre ich sie an. „Ihr Menschen seid so zerbrechlich und wenn du mich zwingst, gröber mit dir umzugehen, dann könnte ich dich verletzen, ohne es zu wollen."

Sie hört auf zu zerren und sieht mich über ihre Schulter an. Ihre großen blauen Augen leuchten im Mondlicht. „Du … du willst mir also nichts antun?"

„Nein", knurre ich, aber dann überlege ich es mir anders. Weibliche Wesen müssen geschätzt und gehütet werden. Niemals würde ich eines verletzen, nicht einmal eines dieser primitiven *menschlichen* Weibchen. Aber vielleicht würde in diesem Fall eine Androhung von Gewalt nichts schaden. Vielleicht sollte sie *denken,* dass ich ihr etwas antun würde…

Der Zweck heiligt die Mittel…

Ich verstärke meinen Griff um ihre Handgelenke. „Nicht, wenn du mich nicht ärgerst", knurre ich in meinem unfreundlichsten Ton.

Dann zerre ich sie grob über die Büsche zum Ranchhaus.

KAPITEL 3

GISELLE

MAN HÖRT IMMER WIEDER, dass man es nicht zulassen soll, an einen anderen Ort verschleppt zu werden. Das war die wichtigste Lektion in dem Selbstverteidigungskurs, den ich gemacht habe. Man soll sich wehren, treten, schreien, auch wenn der Angreifer eine Waffe hat, egal was man macht, man soll alles tun, um nicht an einen anderen Ort verschleppt zu werden.

Einen Ort wie dieses verlassene Ranchhaus mitten in der Wüste.

Hier hat seit Ewigkeiten niemand mehr gewohnt; das sehe ich, als Erster die Tür öffnet und jede Menge Staubwolken aufwirbeln.

Er zieht mich mit sich, als er auf den offenen Kamin zustampft. Gott sei Dank schubst er mich auf ein altes Sofa, das ebenfalls voller Staub und Sand ist, sodass ich sofort niesen muss, während er Holzstücke in den Kamin wirft und dann, heilige Sch...

Er öffnet den Mund und Feuer schießt heraus. Eine

heiße, weiß-orangefarbene Flamme. Sie trifft in einem glühenden Strahl auf das Holz und im Nu lodert ein Feuer im Kamin. Ich muss meinen Körper von dem plötzlichen Hitzestoß abwenden.

Warum zum Teufel sitze ich noch hier? Ich springe vom Sofa und versuche zur Tür zu fliehen, aber Erster ist bereits da, bevor ich auch nur einen Schritt machen kann.

Zuerst denke ich, dass er seinen schweren Arm um meine Taille gelegt hat, aber dann höre ich das Klirren von Metall und sehe an mir hinab. „Was soll…"

Ich wirbele herum und sehe ihn an, während er die schwere Kette um meine Taille legt. „Was soll das denn werden?", kreische ich.

„Ich will diese Nacht schlafen können. Ich hatte einen harten Tag."

„*Du* hattest einen harten Tag?", sage ich ungläubig.

Er nimmt das andere Ende der langen, schweren Kette – so schwer, dass ein normaler Mann sie kaum heben könnte – und befestigt sie an *seiner* Taille. Die Kette ist so schwer, dass mir nichts anderes übrig bleibt, als mich wieder auf das Sofa zu setzen.

„Gut. Nun ruh dich aus."

Mehr sagt er nicht, als er sich auf dem Boden neben dem Sofa ausstreckt.

„Willst du mich verarschen?"

Was erwartet er denn von mir? Dass ich friedlich neben meinem Entführer einschlafe? Es ist bestimmt noch nicht später als neun Uhr abends.

Verdammt, hätte ich doch nur mein Telefon in meine Hosentasche gesteckt, statt in meine Handtasche. Wie weit ist es wohl bis zur nächsten Straße? Oder bis zum nächsten Nachbarn? Es ist dunkel und ich habe da draußen keine Lichter gesehen, außer den Sternen.

Trotz des warmen Feuers läuft mir ein Schauer über den Rücken. Ich schaue vorsichtig über den Rand des Sofas hinaus und blicke direkt in die lila Augen von Erster, der mich anstarrt. Schnell zucke ich zurück und kneife meine Augen zu.

In was für einen Schlamassel bin ich nur geraten?

Solche Dinge passieren mir einfach nicht. Ich bin das anständige, brave Mädchen, mit dem sicheren Leben. Ich mache alles richtig. Ich verärgere niemanden und gebe der Gemeinschaft einiges zurück. Klar, das bedeutet auch, dass ich manchmal wie ein Fußabtreter behandelt werde, aber ich will doch nur alles richtig machen. Richtig *sein*.

Aber das schaffst du nie, oder?

Als ich hier so liege, starr vor Angst, erscheint mir alles auf einmal so klar.

Egal, wie sehr ich es auch versucht habe, es war niemals gut genug.

Ich war niemals gut genug.

Auf jeden Fall war ich nicht gut genug, um meinen Vater zum Bleiben zu bewegen. Ich kenne die Wahrheit: Er ist meinetwegen abgehauen.

Und jetzt? Es gibt niemanden in meinem Leben. Nicht wirklich. Niemand wird mich überhaupt vermissen. Na ja, vielleicht werden Juliet und Ana irgendwann bemerken, dass ich fort bin, oder feststellen, dass irgendetwas mit Erster abgeht, aber es wird nicht um mich gehen. Ich werde nur ein Problem sein, das es zu lösen gilt.

Dann werden sie sich wieder ihrem Leben und ihren Familien zuwenden, und ich bin wie immer nur ... Tante Giselle ... und ich werde in meine leere Wohnung zurückkehren.

Wenn ich überhaupt jemals wieder nach Hause komme. Ich bin wirklich sehr optimistisch, wenn ich denke, dass ich hier lebend wieder herauskomme und zu meinen unwichtigen, kleinen Problemen zurückkehren kann.

„Was willst du überhaupt von mir?", frage ich mit zitternder Stimme. Wird er versuchen, mich durch Juliet und Shak auslösen zu lassen?

„Was glaubst du?", knurrt er. „Was sollten wir von euch schon wollen?"

Ich reiße die Augen auf und rutsche, so weit es die Kette erlaubt, an das andere Ende des Sofas. „Was soll das heißen?" Er kann doch nicht meinen ... vielleicht redet er ja nur über die Weltherrschaft und...

„Ich brauche Nachwuchs."

Okay, meine Augen springen fast aus den Höhlen. „Mit *mir*? Du willst Nachwuchs von mir?"

KAPITEL 4

ERSTER

DIESES THEMA WOLLTE ICH EIGENTLICH HEUTE ABEND NOCH NICHT ANSCHNEIDEN. Ich habe es ernst gemeint, als ich sagte, dass ich einen langen, harten Tag hatte. Die Gruppen, die sich noch auf dem Schiff befinden unter einen Hut zu bringen ist wie eine Herde Anzi-Vögel auf Draci zusammenzutreiben – sie reißen einem eher das Gesicht ab, als auf einen zu hören.

Ich weiß, dass die weiblichen Draci alles tun werden, um mich bei der ersten Gelegenheit zu überlisten, aber im Moment brauchen die Draci eines mehr als alles andere: *Kinder.* Kinder werden unsere größte Macht sein. Die Macht wird in den Händen derer liegen, die sie bekommen und sie kontrollieren.

Um unsere Spezies zu erhalten, müssen wir so schnell wie möglich so viele Kinder wie möglich in die Welt setzen.

Unglücklicherweise verpartnern sich Draci auf Lebenszeit. Aber der Zweck heiligt die Mittel, und hier geht es nun mal um Zahlen. Ich muss so viele Weibchen schwängern, wie ich kann.

Das wäre sehr viel einfacher, wenn meine Umwandlung so gut gelungen wäre wie bei meinem Bruder.

Aber ich bin ein Monster, weder Mensch noch Draci.

Also kann ich nicht überlisten und verführen. Ich muss die Weibchen fangen und unterwerfen.

Angefangen mit diesem Weibchen, das jetzt nur eine Flügelspanne von mir entfernt liegt.

Ich kann ihr ängstliches Atmen hören und ihre Angst riechen. Ich stelle mir ihr aufgeregt schlagendes Herz vor. Genauso wie ich es vor vielen Jahren auf Draci zu tun pflegte, wenn ich auf der Jagd war.

Ist es das, was ich jetzt tue? Bin ich auf der Jagd nach Frauen?

Bei dem Gedanken wird mir übel. Denn am Ende jeder Jagd erlegte ich meine Beute entweder mit Feuer oder mit einer scharfen Klinge und kehrte blutbesudelt zurück.

Ich schüttele den Kopf, eine instinktive Reaktion tief in meinem Inneren.

Nein.

Mein.

Dieses Weibchen ist wertvoll. Ich habe sie zu meinem Unterschlupf gebracht und werde sie hier verstecken. Kein anderer wird sie haben.

Ich werde jeden bekämpfen, der versucht, sie mir wegzunehmen.

Sie sieht mich wieder über den Rand des Sofas an. „Ich werde niemals mit dir schlafen!"

Ich setze mich abrupt auf und sie krabbelt zurück bis auf die Lehne des Sofas. Sie hat Angst vor mir. Das verleiht mir ein seltsames Gefühl im Bauch. Ich mag es nicht, dass sie Angst vor mir hat.

Doch dann bin ich wütend, dass ich überhaupt darüber nachdenke. Dieses Weibchen bedeutet mir nichts. Was für einen Blödsinn habe ich da nur im Sinn gehabt. Sie ist schließlich nur ein Mittel zum Zweck.

„Du wirst schlafen. Es ist spät, und auch du musst langsam müde sein."

„Was...? Das habe ich doch gar nicht gemeint. Ich werde niemals ... niemals..." Sie schürzt die Lippen und bringt mit flammenden Augen hervor: „Ich werde niemals mit dir vögeln."

Vögeln.

Dieses menschliche Wort entspricht genau einem Draci-Wort. *Cux.*

Diese Worte verfehlen nicht ihre Wirkung. Nicht wenn sie aus einem so hübschen, vollen, rosa Mund kommen.

Meine Erektionen kommen aus meinem Körper herab, wo sie normalerweise sicher in mir versteckt sind.

Falls ich gedacht habe, dass die Augen des menschlichen Weibchens bereits weit aufgerissen waren, so ist das nichts im Vergleich, wie sie mich jetzt ansieht, als meine Erektionen sich aus meinem Körper absenken und dann hart werden. Wie soll es auch anders sein, wenn sie mich so ansieht?

Als erster Sohn des Königs hat es mir nie an weiblichen Gespielinnen gefehlt, wenn ich welche wünschte. Aber die Draci-Frauen benutzen das Vögeln wie alle anderen Waffen in ihren enormen Manipulationstalenten und meistens ist es den Ärger nicht wert. Manchmal nahm ich die Mittel zum Unterdrücken des Drangs, damit ich nicht von meinen Trieben abgelenkt wurde.

Aber dieses warme, weiche Wesen vor mir?

Sie führt mich in Versuchung wie noch kein anderes weibliches Wesen.

Aber ich versuche, mich von ihr fernzuhalten.

Denn so soll es nicht sein.

Das Vögeln soll nur einem Zweck dienen. Und nicht ... *Lust* bereiten. Nun, ich will natürlich nicht, dass es für sie unangenehm ist, schließlich bin ich kein Monster, auch wenn ich vielleicht so aussehe. Ich habe meine Worte ernst gemeint. Ich werde keiner Frau wehtun.

Aber ich habe mir ein militärisches Ziel gesetzt. Fruchtbaren Boden finden. Meinen Samen verstreuen. Und immer so weiter...

Ich strecke meine Zunge aus und erschaudere, als ich ihren Duft wahrnehme.

Sie hat noch immer Angst, aber da liegt noch etwas anderes in der Luft.

Ich strecke die Hand aus und ergreife ihr Bein. Sie schreit auf, aber ich lasse sie nicht los. Ich kann nicht loslassen.

Dann beuge ich mich über sie und lecke die Innenseite ihres Schenkels.

Ich erbebe, denn der süßeste Duft, den ich in meinem dreihundert Jahre langen Leben jemals erlebt habe, hüllt mich ein.

Ich ziehe ihre Hüften näher an mich heran.

„Warte, was tust du da?" Sie versetzt mir einen Schlag auf den Kopf. „Hör auf damit!"

„Dein Duft", keuche ich und sehe an ihrem Körper empor in ihr wunderschönes Gesicht. Wie konnte ich bisher nicht sehen, wie exquisit ihr Gesicht geformt ist? So schmal und zart.

Sie zieht die Augenbrauen zusammen. „Oh verdammt", flüstert sie. „Juliet hat mich davor gewarnt. Hör auf, mich zu wittern. Ich will keinen Sex ... ich will jetzt nicht vögeln. Wenn du weiter machst, dann ist das

eine Vergewaltigung. Bist du ein Typ, der Frauen verge-
waltigt?"

Ich lasse sie los und zucke zurück.

Auch dieses Wort gibt es auf Draci. Es gilt nur für die
übelsten und perversesten Kranken unserer Rasse.

„Ich werde dich niemals vergewaltigen."

Erleichtert atmet sie auf. Dann setzt sie eine entschlos-
sene Miene auf und funkelt mich wütend an. „Du wirst
mich nie bekommen, weil ich niemals freiwillig mit dir
vögeln werde."

„MEIN", brülle ich ihr ins Gesicht. Denn sie ist im
Unrecht. „Du gehörst jetzt *mir*."

Da ich keine Minute mehr im Dunstkreis ihres betö-
renden Duftes bleiben kann, zerre ich die Kette von meiner
Taille und befestige sie an der Heizung. Dann stürme ich
mit abgewandtem Gesicht hinaus, knalle die Tür hinter mir
zu und schwinge mich in die Luft. Ich breite die Flügel aus
und schieße in den dunklen Himmel empor.

KAPITEL 5

GISELLE

DIE NÄCHSTEN DREI STUNDEN VERBRINGE ICH MIT DEM VERSUCH, mich aus der Kette zu befreien. Zwar habe ich nicht gesehen, wie er es gemacht hat, aber er hat das Schloss zusammengeschmiedet. Ich kann die Kette auch nicht von der Heizung lösen.

Irgendwann muss ich eingeschlafen sein, denn als ich meine Augen öffne, scheint die Sonne in das kleine Ranchhaus. Staubflocken tanzen in dem hellen Licht. Wann hat wohl jemand zum letzten Mal richtig hier *gewohnt? Wo* sind wir überhaupt? Der wüstenähnlichen Landschaft nach zu urteilen könnte es der Nordosten Kaliforniens oder Nevada sein. Aber *wie* weit sind wir von der Zivilisation entfernt? Wie weit ist es bis Sacramento?

Ich setze mich auf. Die Kette ist lang genug, dass ich in das kleine Badezimmer neben Küche und Wohnzimmer gelange. Da sie so schwer ist, kostet jeder Schritt viel Kraft. Aber ich kann meine morgendlichen Geschäfte verrichten und finde sogar eine noch verpackte, neue Zahnbürste.

Er hat das also geplant. Aber seit wann?

Mein knurrender Magen treibt mich in die Küche. Da gibt es leider nicht viel. Kein Kühlschrank. Der Herd ist so alt, dass er wahrscheinlich nicht mehr funktioniert. Aber auf dem Tisch liegt ein Laib Brot und im Schrank stehen einige Teller.

Das Brot ist zwar altbacken, aber ich bin hungrig und daher nicht sehr anspruchsvoll. Wenigstens ist das Wasser, das aus dem Hahn strömt, frisch und sauber. Trotzdem lasse ich es eine Weile laufen, um sicher zu sein, dass es ganz klar ist, dann fülle ich eine Tasse und trinke durstig.

Ich sehe mich um, aber wie erwartet gibt es leider keinen Kaffee.

Wo in aller Welt ist mein Entführer geblieben?

Vielleicht ist es dumm von mir, dass ich meine Zeit hier verschwende, wenn ich doch eigentlich versuchen sollte zu fliehen. Schnell gehe ich zurück zu dem Heizkörper, wo ich gestern Abend so viel Zeit verbracht habe.

Bei Tageslicht bestätigt sich mein Verdacht von gestern Abend. Ja, genau wie der Verschluss um meine Taille sind die Ketten dort, wo sie verknotet wurden, miteinander verschmolzen.

Es ist also unmöglich, sie auseinanderzureißen. Aber vielleicht hat die Wiederverschmelzung das Metall brüchiger gemacht? Das wäre doch möglich, oder?

Ich sehe mich um und ergreife das schwerste Objekt, das ich finde – eine schwere Buchstütze aus Messing – und schlage damit auf die verschmolzene Stelle ein.

Das schrille *Klingen* von Metall auf Metall durchfährt meinen Körper, aber als ich das Messingteil zur Seite lege, sind die Ketten noch unberührt. Wenn ich damit weitermache, dann verletze ich höchstens mich selbst.

Ich knurre verärgert und schiebe das Messingteil weg.

Jetzt bleibt mir nur noch die Möglichkeit, die Kette Glied für Glied auf eine Schwachstelle zu untersuchen. Aber. Sie. Ist. So. Lang. Ernsthaft, wo hat dieser Typ eine solche Kette gefunden? In einem speziellen Kettengeschäft?

Und wo ist er überhaupt? Ich dachte, er wollte Nachwuchs. Aber er ... er hat mich gestern Abend zu nichts gezwungen. Wo ist er heute Morgen? Nicht, dass ich mich beklage. Ich habe vor, schon längst verschwunden zu sein, bevor er zurückkommt und ich jemals wieder mit ansehen muss, wie sich die beiden Penisse entfalten. Verdammt, und ich hatte geglaubt, dass Juliet und Ana mir alles erzählen! Wenn ich meine beiden besten Freundinnen das nächste Mal treffe, werde ich ein langes Gespräch mit ihnen führen ... *wenn* ich sie jemals wiedersehe.

Ich schließe die Augen und bete, während ich mich Glied für Glied an der Kette entlangarbeite. „Bitte, bitte lass mich von hier entkommen, und ich schwöre, dass ich dann Gutes tun werde, ohne dafür Anerkennung zu erwarten."

Wenn da oben jemand ist, dann hört niemand zu. Als ich so darüber nachdenke, ob da oben jemand ist, da fallen mir sofort die drei außerirdischen Raumschiffe ein, die dort im All über der Erde schweben. Mir läuft ein Schauder über den Rücken und ich wünsche mir, dass ich nicht nur dieses seidene Kleid anhätte, das ich bei dem Galadinner getragen habe. Meine Schuhe habe ich während des Flugs verloren. So etwas passiert eben, wenn man riemchenlose High Heels trägt.

Wenn ich jemals hier wieder rauskomme, dann schreibe ich ein Buch, wie man sich als Mädchen auf eine Entführung vorbereitet. Lektion Eins: Trag immer derbe Schuhe mit Stahlkappen.

Lektion Zwei?

Ich sehe mich in dem kargen Ranchhaus um. Lektion Zwei, Lektion Zwei ... Lektion Zwei sollte lehren, wie man aus der Situation wieder rauskommt. Was man klugerweise durch ... Klugheit schafft.

Mein Entführer ist nicht einmal hier. Meine Güte Giselle, *denk nach.*

Aber noch während ich mich selbst beschimpfe, höre ich in der Ferne ein lautes Geräusch. So wie *wuuusch, wuuusch, wuuusch.*

Ich renne – na ja, so schnell man als Mädel mit einer zwanzig Kilogramm schweren Kette rennen kann – zum Küchenfenster und sehe hinaus. *Er* landet auf dem Boden und faltet seine großen, lilafarbenen Flügel auf den Rücken, während er noch ein paar Schritte joggt und dann auf das Haus zuläuft.

Ich trete schnell vom Fenster weg, gehe zurück zum Sofa, lege mich hin und gebe vor zu schlafen.

Die Tür fliegt auf und er kommt hereingestürmt – kann dieser Kerl denn nichts mit halber Kraft machen?

Ich hätte den Rücken zur Tür drehen sollen, aber das habe ich nicht getan. Nun öffne ich die Augen zu schmalen Schlitzen, um ihn zu betrachten und sehe sehr viel mehr als ich eigentlich will.

Zum ersten Mal sehe ich Erster bei hellem Tageslicht. Und was ich sehe, jagt mir einen Schauer über den Rücken.

Er ist ein Monster.

Er ist riesengroß, größer als ein Mann sein sollte. Eine seiner breiten, muskulösen Schultern ist an einer Seite etwas tiefer, als ob seine Umwandlung ihn zu einem normal großen Mann machen sollte, was aber misslang. Nun geht er etwas gebückt.

Und sein Gesicht erst.

Oh Gott, sein Gesicht. Die menschliche Haut bildet

ein Patchworkmuster an seinem Hals und zieht sich wie eine Maske über die linke Seite seines Gesichts. Die rechte Gesichtshälfte ist noch die eines Außerirdischen, überzogen mit einer lilafarbenen Haut, die zwar nicht schuppenhaft ist, aber auch nicht gerade weich aussieht. Und seine Augen! Diese glühenden, lilafarbenen Augen.

Sie sehen mich direkt an, während ich ihn anstarre.

Ich wende mein Gesicht ab und drücke es in das Sofakissen. Dann muss ich niesen, weil es so staubig ist.

„Sieh dich nur satt, kleines Menschlein", knurrt er. „Das ist deine Zukunft. Ich bin jetzt dein Gefährte und mir ist es egal, ob es dir gefällt oder nicht."

Fassungslos hebe ich den Kopf und sehe ihn an. Gefährte? Das ist das erste Mal, dass er das Wort Gefährte erwähnt. „Ich dachte, ich sollte nur so eine Art Babyfabrik für dich sein."

Er hebt sein Kinn. Wenn es ihm peinlich ist, wie er aussieht, dann lässt er es sich nicht anmerken. „Ich habe meine Meinung geändert. Du bist meine Gefährtin und ich dein Gefährte. Du wirst nie einen anderen haben."

Ich keuche schockiert auf. „Du spinnst wohl. Ich werde niemals deine Gefährtin sein."

Er kneift die Augen zusammen, wodurch sein Gesicht noch bedrohlicher wirkt, und spreizt die Flügel, die den ganzen Raum ausfüllen.

Ich habe sie noch nie aus der Nähe gesehen. Bis jetzt habe ich nur Juliets und Anas betrachten können, die sehr viel kleiner sind. Ersters Schwingen sind wunderschön ... und furchterregend.

Besonders jetzt, als er einen Sprung nach vorn macht und mit einem Flügelschlag von der Tür bis zum Sofa gelangt.

Ich kreische, setze mich auf, rolle mich zu einer Kugel zusammen und schütze meinen Kopf mit den Armen.

Er kommt nur wenige Zentimeter vor mir zum Stillstand, so nah, dass ich die Hitze seines Körpers fühlen kann. Seines nackten Körpers, da er niemals Kleidung trägt.

Seine starken Hände umfassen meine Handgelenke und ziehen meine Arme, die ich schützend über meinen Kopf gelegt hatte, hinunter. Zitternd sehe ich zu ihm auf.

Seine Augen glühen wie ein lilafarbenes Feuer. „Ich werde dir beweisen, dass du mir gehörst. Du wirst es genauso spüren wie ich."

„Wie meinst du das?", frage ich unsicher.

Er greift nach unten und drückt einen Knopf an der Waffe, die er immer in einem Halfter an der Hüfte trägt – mehr trägt er nie – und die Waffe leuchtet mit einem elektrisch blauen Licht auf. Ich erbebe in seinen Armen. Wird er mir doch etwas antun?

Aber er lässt eines meiner Handgelenke los, greift nach der Waffe und lässt seinen eigenen Daumen an der sengenden Klinge entlanggleiten.

„Warum hast du das getan?", frage ich entsetzt, als er vor Schmerz zusammenzuckt.

„Du musst mich schmecken, um zu fühlen, was ich fühle. Dann wirst du wissen, dass du meine Gefährtin bist."

„Was? Dich schmecken...?"

Doch bevor ich eine Frage stellen kann, schiebt er seinen blutenden Daumen zwischen meine Lippen und in meinen Mund.

Ich würge etwas und versuche zurückzuweichen, aber er folgt meinen Bewegungen. Sein Gesicht ist hart und entschlossen.

Und plötzlich werde ich von fremden Empfindungen durchflutet.

Empfindungen, die ich nicht verstehe. Verlangen und Sehnsüchte. Bilder.

Oh mein Gott, ich bin in seinem Kopf. Juliet und Ana haben mir schon davon erzählt, aber ich dachte, das ging nur mit ... na ja, Sex-Flüssigkeiten. Ich konnte ja nicht ahnen, dass auch Blut...

Will dich. Brauche dich. Gefährtin. MEIN.

Ich verspüre ein starkes Verlangen. Als ich dieses Mal erbebe, ist es nicht aus Angst. In seinen Augen bin ich wunderschön. Schön und begehrenswert. Sonst besteht sein Leben aus Bitterkeit, Schmerz und Enttäuschung.

Eigentlich sollte ich nur ein Werkzeug für seine Rache sein und ein Mittel, um mehr Macht zu erlangen ... aber das änderte sich, als er mich entführte.

Ich bin die Schönheit, die er seit langer Zeit nicht mehr gesehen oder erfahren hat.

Es ist überwältigend. Ich kann nicht ... ich weiß nicht, was ich tun soll...

Will dich. Will mich paaren. Will mich jetzt paaren.

Mein Bauch verkrampft sich vor Verlangen und ein unbekanntes Gefühl kriecht an meiner Wirbelsäule empor. Mein Körper hat sich noch nie so lebendig angefühlt.

So hilf mir Gott, ich lasse ihn gewähren, als er meine Hüften ergreift und sie zum Rand des Sofas zieht. Dann reißen seine Klauen den Knopf an meiner Jeans auf und öffnen sie.

Ich lasse meinen Blick an seinem Hals hinabwandern und bemerke zum ersten Mal, wie gut er gebaut ist. Seine breiten Schultern gehen über in eine muskulöse Brust und scharf definierte Bauchmuskeln, die sich zu einem V verjüngen, und ... mir stockt der Atem, als ich beobachte, wie seine beiden Schwänze wieder aus ihrem geschützten

Raum in seinem Körper ausfahren. Er bemerkt, dass ich ihn betrachte und es macht ihn an.

Er reibt seinen Daumen sinnlich an meiner Zunge und meine Wangen werden hohl, als ich beginne, daran zu saugen. Der metallische Geschmack seines Blutes erscheint mir plötzlich als der erotischste Geschmack der Welt, kombiniert mit dem überwältigenden Gefühl seiner wachsenden Erregung.

Und dann lässt er seine Hand in mein Höschen gleiten. Ich explodiere.

Eine peinliche Tatsache, die ich zugeben muss – ich brauche nicht lange. Manchmal komme ich schon, wenn man nur mit meinen Brustwarzen spielt. Es wird allgemein angenommen, dass es so etwas nicht gibt, aber es stimmt. Ich bin der lebende Beweis.

Ich komme, als die Finger meines Entführers kaum meine Klitoris berühren.

Mein Entführer. Verdammt. Was in aller Welt mache ich hier?

Mein Verstand versucht gegen den Nebel seines Verlangens für mich anzukämpfen ... und gegen das Nachbeben des Höhepunkts, den er mir gerade beschert hat.

Seine hellen, lilafarbenen Augen sehen mich voller Verwunderung an, als er seine Hand wieder aus meinem Höschen zieht.

Ich bewege ruckartig meinen Kopf zurück, sodass sein Daumen aus meinem Mund gezogen wird. Aber ich habe den Geschmack noch auf der Zunge, als ich zusehe, wie er seine Finger, von denen noch mein Honig tropft, an seine Lippen führt...

Seine Augen leuchten auf, als mein Saft auf seine Zunge trifft. Ich weiß, dass er jetzt genau spürt, wie erregt ich bin, weil er jetzt in *mich* hineinschauen kann.

Er wirft sein Waffenhalfter beiseite und stürzt sich auf mich. Sein großer Körper landet bei mir auf dem Sofa, aber er ist vorsichtig, mich nicht zu erdrücken. Sein Knie ist an meiner Hüfte, seine beiden enormen Schwänze berühren leicht meinen Bauch.

Seine großen lila Augen suchen meine, doch er sagt kein Wort. Stattdessen hebt er seinen immer noch leicht blutenden Daumen und reibt ihn sanft an meiner vollen Unterlippe entlang.

Und als er mit leichtem Druck Einlass verlangt, seine leuchtenden Augen immer noch eindringlich auf meine gerichtet, gebe ich nach und öffne mich ihm.

Sofort werde ich von einer Flutwelle seiner Gefühle und Wünsche überspült. Eine chaotische Strömung reißt mich so schnell und stark mit, dass ich vergesse, wo wir sind, und *wer* wir sind.

Wie von selbst wandern meine Hände zu seiner harten Brust und ich schlinge die Beine um seinen Körper. Er fühlt sich zwischen meinen Schenkeln wie ein Gott an. Meine suchenden Hände finden seine harten Ständer und ich umschließe mit jeder Hand einen.

Er stöhnt, als er mit seinem Mund meinen Hals liebkost und ich wölbe mich ihm zitternd entgegen. „Ja", entfährt es mir.

Ein leises Grollen steigt aus seiner Brust auf und er küsst meinen Körper, wobei er mit seinen Lippen immer tiefer geht. Ich wimmere als ich den Griff von seinen riesigen, prächtigen Schwänzen lösen muss, aber das beachtet er gar nicht.

Ich hebe die Hüfte, als er den Bund meiner Jeans ergreift und sie mir auszieht. Nun liege ich von der Taille abwärts nackt vor ihm.

Aber darüber kann ich nicht lange nachdenken, denn er ist wieder zwischen meinen Schenkeln.

Sein Daumen ist nicht mehr in meinem Mund, also sollte ich eigentlich in der Lage sein, wieder klar zu denken. Doch als ich mich gerade um einen klaren Kopf bemühe, spüre ich seine Zunge an genau der richtigen Stelle. Ich verdrehe die Augen und stoße einen Laut aus, der wahrscheinlich kaum noch etwas Menschliches hat.

Ich lasse meine Hand sinken und fahre durch sein langes, wirres Haar. Aber ich stoße ihn nicht weg. Oh nein, ich stoße ihn nicht weg.

Dann leckt er mich wieder und ich hebe meine Hüften seinem Gesicht entgegen. Verdammt. Habe ich das gerade wirklich getan? Seine lange, starke Zunge streichelt mich von innen, und dann leckt er wieder meine Klitoris.

Ich komme genau so schnell wie beim ersten Mal. Erster stößt ein Knurren aus, als er sich auf meinen Kitzler konzentriert. Oh Gott, er fühlt meine Lust. Er kann sie genauso spüren wie ich.

Ich weiß nicht, warum mich dieser Gedanke noch geiler macht, aber alles zusammen ... die überwältigende, körperliche Lust, die Tatsache, dass Erster genau das empfindet, was ich empfinde, dass er genau weiß, wie unanständig ich bin, dass er genau weiß, was er in mir auslöst, dass ich es *liebe* ...

Ich schreie, als ich komme, wie ich noch nie in meinem Leben gekommen bin.

Während ich komme, leckt und liebkost er mich weiter. Sobald ich mich beruhige, ändert er seine Position. Er beugt sich über mich und hält einen seiner riesigen Ständer in seiner Hand. Beide Schwänze sehen menschlich aus, nur größer und härter als ich je gesehen habe.

„Ich will mich mit dir vereinigen", sagt Erster. Seine

Stimme ist rau vor Begehren. „Jetzt sofort. Sag, dass ich mich mit dir vereinigen kann. Sag Ja."

Fast sage ich Ja.

Das Wort liegt mir auf der Zunge. Vielleicht muss ich es gar nicht sagen. Vielleicht reicht es, wenn ich nur nicke.

Aber im letzten Moment werde ich von der Realität eingeholt.

Er hat mich entführt.

Er ist der Feind aller meiner Freunde.

Ich will nicht hier sein. Ich will das alles hier nicht. „Nein. Niemals", bricht es aus mir heraus und ich fühle mich wie eine Verräterin, da ich noch die Schockwellen des Orgasmus fühle, den er mir geschenkt hat.

Er brüllt auf und pumpt seinen Schwanz, der seinen Samen auf meinen Bauch statt in mein Inneres spritzt.

Jetzt komme ich wirklich in die Hölle, denn allein bei dem Anblick zieht sich meine Pussy vor Verlangen zusammen.

Er lässt von mir ab, spreizt seine Flügel und, kaum ist er zur Tür hinaus, springt er in die Höhe und schwingt sich in den Himmel.

KAPITEL 6

ERSTER

ICH IDIOT. Warum habe ich mich nicht mit ihr gepaart? Sie war feucht und bereit für mich. Ich habe den weiblichen, menschlichen Körper gründlich studiert und ich weiß, dass ich sie hätte nehmen können; es hätte ihr keinen Schmerz zugefügt.

Ich hätte nicht um Erlaubnis fragen sollen. Ich hätte mich stärker bluten lassen sollen, damit mein eigenes Verlangen ihre Bedenken überwältigt hätte.

Der Zweck heiligt die Mittel. Ich brauche Nachwuchs. Es ist nicht wichtig, was sie darüber denkt.

Ich fliege schneller und hoffe, dass die Entfernung zwischen uns, ihre betörende Wirkung auf meinen Schwanz und meinen Verstand dämpfen kann.

Allerdings kann ich sie noch immer auf meiner Zunge schmecken. Ich kann noch spüren wie sie bebte, als ich sie wieder und wieder zum Höhepunkt brachte. Sie gab sich mir hin. Ihr süßes Fleisch ist das Schönste und Zarteste, das ich in meinem ganzen Leben in diesem Universum je berührt oder geschmeckt habe.

Meine Pflichten sind jedoch klar. Mein Weg ist in Stein gemeißelt.

Aber jetzt fühle ich mich wie unter Wasser. Mein Weg wurde fortgespült und ich weiß nicht mehr, in welche Richtung ich gehen muss.

Doch, du weißt es. Die Stimme in meinem Kopf klingt viel zu sehr wie die meiner Mutter. *Du bist für Großes bestimmt. Du wurdest geboren, um König zu werden. Macht ist die einzige Währung, die zählt.*

Der Nebel verzieht sich. Natürlich. Macht. Macht ist das Wichtigste. Wahrscheinlich macht es einen Unterschied, dass ich meine Gefährtin gefunden habe. Ich habe mich geirrt, indem ich dachte, dass ich mich über Jahrtausende von Draci-Tradition hinwegsetzen und mich mit mehr als einer vereinigen könnte. Es gibt einen Grund für unsere Traditionen. Ich denke, dass wir uns nur mit einem einzigen Weibchen vereinigen können, wenn wir unsere wahre Seelengefährtin gefunden haben.

Ich habe Gerüchte darüber gehört, dass die uralten Instinkte bei der Paarung wieder erwachen. Giselle muss für mich bestimmt sein, nur für mich, und ich will keine andere mehr.

Schließlich kann sie mir viel Nachwuchs schenken. Sie ist fruchtbar und genetisch perfekt für die Mutterschaft geeignet. Mit ihr an meiner Seite kann ich immer noch ein mächtiger König sein. Es braucht nur ein bisschen Geduld. Immerhin bin ich Draci. Wir sind ein uraltes Volk und an Geduld hat es uns noch nie gefehlt.

Als ich zu den Büschen komme, in denen mein Schiff versteckt ist, fliege ich langsamer, lande auf dem Boden und renne noch einige Schritte mit dem Schwung der Landung mit. Das Flugzeug ist verborgen, aber ich war schon so oft hier, dass ich genau weiß, wo der Eingang ist, also hebe ich meine Hand vor den biometrischen Scanner. Sofort öffnet sich die Tür und ich trete ein.

Alles ist genau so, wie ich es verlassen habe. Das Raumschiff ist schon etwas älter. Das Pyrthithium an den Wänden blättert ab und das Steuerpult ist schon einige Generationen alt. Es war das Beste, was die Widerstandsbewegung unter den Umständen auftreiben konnte. Ich konnte mich glücklich schätzen, dieses Schiff zu bekommen und damit fliehen zu können, obwohl die Soldaten mich in meinem Exil bewachten.

Ich gehe nach vorn, setze mich und lege meine Hände in die Plasmakonsole. „Verbindung zu Draci III, Sublinie 3.2.8."

Ich warte, während der Computer uns verbindet. „Verbindung hergestellt", teilt er mir schließlich mit. Aber am anderen Ende herrscht Stille. Ich weiß, dass es eine Weile dauern kann, bis Ximenaushanax an die Leitung geht.

Was wir tun, ist Hochverrat und darauf steht die Todesstrafe. Diskretion und Vorsicht sind von äußerster Wichtigkeit.

Aber sie erwartet meinen Anruf und so dauert es nur wenige Minuten, bis ich ihre zischende Stimme am anderen Ende der Leitung höre. „Ist es erledigt?"

„Ich habe das Weibchen", bestätige ich.

„Hast du schon deinen Samen in sie gepflanzt?"

Ich versteife mich, froh, dass sie mich nicht sehen kann. „Bald."

„Was soll das heißen, bald?", zischt sie. „Wenn du sie bekommen hast, warum hast du sie nicht gleich befruchtet?"

„Ich werde einem weiblichen Wesen keine Gewalt antun. Das ist nicht unsere Art."

Sie schnaubt verächtlich. „Dein Bruder hat nicht nur unserer geliebten Sacraasu, der geheiligten Königin, sondern auch ihrer Schwester Gewalt angetan. Sie wurden *ermordet*. Er würde mir oder dir das Gleiche antun, wenn er herausfände, was wir vorhaben."

„Das ist etwas anderes." Giselle versucht nicht, *mich* zu ermorden, die Mörder sind eher meine Mutter und ihre Schwester Siccua.

„Es ist Krieg", zischt sie. „Die Starken wissen, dass Dinge, die im Krieg getan werden müssen, nichts für die Schwachen in Friedenszeiten sind. Es sind unsere Opfer, die den Frieden bringen. Ich dachte, du wärst ein starker Anführer."

Jedes Wort, das sie sagt, heizt meinen Zorn noch mehr an. „Stell mich oder meine Methoden nicht infrage. Ich werde meinen Samen säen, und zwar bald. Aber ich werde es auf *meine* Art machen. Ich weiß deine Unterstützung zu schätzen, aber du darfst nicht vergessen, dass du *mich* in dieser Sache unterstützt. Ich werde dein König sein. Versuche nicht, mich wie einen Welpen zu behandeln."

Stille.

Dann: „Vergib mir, mein zukünftiger König." Ximenas Stimme ist voller falscher Unterwürfigkeit. Sie ist eine falsche Schlange, aber ein nützliche.

Wenn ich meinen rechtmäßigen Thron einnehme, werde ich ständig vor ihr auf der Hut sein müssen.

„Wie läuft die Kampagne auf deiner Seite?" Ich bemühe mich, die Müdigkeit in meiner Stimme zu verbergen.

„Jeden Tag gewinnen wir mehr auf unsere Seite. Alle haben genug davon, wie in einem Sarg auf diesen Schiffen eingesperrt zu sein, wenn ein reicher, fruchtbarer Planet in Reichweite ist."

Ich blicke durch die Frontscheibe auf die Landschaft draußen. Selbst dieser karge Ort, wo kaum Pflanzen wachsen, ist reich im Vergleich zu unserem geliebten Draci, wie es dort am Ende war, eisbedeckt und bitterkalt, als unsere Sonne immer schwächer wurde und schließlich erlosch.

Dieser Planet ist unsere zweite Chance. Es ist nicht richtig, dass mein Bruder unser Volk zwingt, in der kalten Einöde des Weltalls zu bleiben, wenn ein solcher Reichtum vor unserer Nase liegt. Unsere Spezies ist den Menschen überlegen – wir leben länger, unsere Körper sind stärker und wir werden besser für den Planeten sorgen – außerdem verdienen wir diese Erde nach allem, was wir durchgemacht haben.

Wir werden mit Güte über die Menschen herrschen.

Aber wir werden uns nehmen, was uns zusteht.

„Bald wird die Revolution beginnen, Ximena. Es ist fast alles bereit.“

KAPITEL 7

GISELLE

ICH MUSS UNBEDINGT VON HIER ABHAUEN.
Erneut sehe ich mich im ganzen Raum um und gehe dann
zurück zu der Messingbuchstütze.

Ich könnte mich hinter der Tür verstecken und ihm das
Teil über den Kopf ziehen, wenn er wieder hereinkommt.
Doch bei dem Gedanken schüttele ich den Kopf. Ich bin
Pazifistin.

Auch unter diesen Umständen?

Aber wenn man seine Prinzipien über Bord wirft,
sobald sie auf die Probe gestellt werden, dann braucht man
erst gar keine zu haben, oder?

Stattdessen hebe ich die schwere Buchstütze über
meinen Kopf und werfe sie so hart ich kann auf die Kette an
meinen Füßen. Wieder ziele ich auf die Stelle, an der die
Ketten verschmolzen sind.

Natürlich zerbrechen die Ketten nicht wie durch
Zauber. Also hebe ich wieder die Buchstütze und werfe sie.
Und wieder und wieder. Nach einigen Würfen muss ich

mich ausruhen. Ich schaffe nur noch wenige Würfe, bis ich das charakteristische Geräusch seiner Schwingen höre, das ich jetzt so gut kenne. Schnell stelle ich die Buchstützen wieder auf das Regal, setze mich auf das Sofa und wickele die Kette um meine Hüfte, sodass der Teil, auf den ich den ganzen Nachmittag eingedroschen habe, hinter meinem Rücken versteckt ist.

Erster stürmt ins Haus, verschwendet aber keinen Blick in meine Richtung. Er geht sofort in die Küche. Ich setze mich auf und blicke über die Rückenlehne des Sofas, kann aber keine Bewegung machen, ohne dass er es merkt. Die Ketten rasseln bei jeder Bewegung und er blickt zu mir.

Aber er starrt mich nur kurz an und wendet sich dann wieder ab, um eine Konservendose zu öffnen – vielleicht Bohnen – und den Inhalt in seinen Mund zu schütten. Er wendet den Blick ab, beachtet mich nicht und bietet mir auch nichts zu essen an.

Was? Er hat mich entführt, mein ganzes Leben auf den Kopf gestellt, mich hier an diesen Ort gebracht, und jetzt? Will er mich einfach ignorieren?

„Warum machst du das alles? Warum bist du überhaupt abgehauen?" Ich kenne die Einzelheiten nicht, ich weiß nur, dass Erster verbannt wurde, nachdem er die Wahrheit gesagt hatte, dass seine Mutter seinen und Shaks Vater, den König, umgebracht hatte. „Es ist nicht fair, dass sie dich verbannt haben, weil du das Richtige getan hast. Rede doch mal mit deinem Bruder. Du könntest immer noch..."

„Mein *Halbbruder* ist ein Bastard und unrechtmäßiger König", faucht er. „*Ich* bin der wahre König. Ich werde mich nicht vor ihm beugen oder ihn um Gefallen bitten."

Männer. Alle gleich, egal ob sie aus dieser Galaxie oder einer anderen kommen.

„Und nun? Willst du ihn *umbringen*? Du weißt schon,

dass er dich aus genau dem gleichen Grund hätte umbringen lassen können, weil du eine Bedrohung für seine Krone bist. Die meisten Leute an seiner Stelle hätten das getan."

„Und das wäre auch das Klügste gewesen", erwidert er und schleudert die leere Konservendose ins Spülbecken. „Er war ein sentimentaler Dummkopf. Ich bin abgehauen, weil mir klar war, dass er seinen Fehler früher oder später bereuen würde. Wie ich höre, lässt er jetzt ständig irgendwelche Verräter hinrichten, also war es sehr clever von mir, dass ich das Weite gesucht habe, als es noch möglich war."

Ich schüttle genervt den Kopf. „Das gilt doch nur für Leute, die seine Familie bedrohen."

Erster kommt aus der Küche auf mich zu. „Glaubst du nicht, dass ich eine Bedrohung für seine Familie bin?"

Ich sehe ihn mit offenem Mund an. „Er hat eine Frau und ein kleines Baby. Du würdest ihnen doch bestimmt nichts antun. Nicht, wenn deine Art nicht in der Lage war..."

„Nein. Ich würde niemals dem Kind etwas antun."

Es läuft mir kalt den Rücken hinunter. „Und Juliet. Du würdest ihr nicht wehtun, oder?"

Erster starrt mich an. Seine Lippen sind schmal, sein Blick undurchdringlich. Obwohl wir noch nicht viel Zeit miteinander verbracht haben, so habe ich mich doch schon an sein Gesicht gewöhnt. Auch die außerirdische Hälfte kommt mir schon weniger, na ja ... außerirdisch vor.

Ja, seine Brauen sind nach außen hin etwas stärker betont, aber seine Wangenknochen sind ähnlich geformt wie die eines Mannes, genau wie seine scharfe Kinnlinie.

Aber es sind seine Augen, die mir immer am menschlichsten vorkamen, trotz ihrer lila Farbe. Ich suche seinen Blick. „Du würdest keine Frau verletzen, nicht wahr?"

Er hat mich entführt. Warum bin ich so sehr darauf erpicht, Anstand in ihm zu finden? Weil er mich zum Höhepunkt gebracht hat? Oder ist es mehr? Will ich immer in jedem etwas Gutes finden, oder habe ich *wirklich* etwas Gutes in ihm gespürt? Schließlich habe ich einen Blick in seine Seele geworfen, verdammt noch mal.

„Ich werde tun, was nötig ist. Ich habe sie nicht in diese Sache hineingezogen, sie zur Königin, und somit zu einer Zielscheibe gemacht."

„Eine Zielscheibe ... was redest du da? Sie ist eine Person! Wir sind alle Personen!"

„Wir sind im Krieg. Im Krieg geschehen Dinge, die in Friedenszeiten undenkbar sind. Anführer unterscheiden sich vom Rest des Volkes dadurch, dass sie diese harten Entscheidungen treffen können, dass sie sehen, was getan werden muss und es tun. Um jeden Preis. Ohne jede Gefühlsduselei."

Ich schüttle mit offenem Mund den Kopf. Noch nie habe ich etwas so ... Unbarmherziges gehört. Machiavellistisch. „Der Zweck heiligt die Mittel."

Sein Gesicht hellt sich auf. „Genau."

Ich keuche entsetzt auf. „Nein! Genau das ist das Argument, das schlechte Menschen zu ihrer Rechtfertigung vorbringen. Aber es ist falsch. Der Zweck heiligt nicht die Mittel. Es geht allein um den Zweck. Wichtig ist nur, wie wir andere behandeln. Darum geht es. Das ist der Grund, warum wir hier sind."

Erster neigt den Kopf zur Seite und sieht mich sanft an. „Das ist die richtige Denkweise für ein Weibchen. Du wirst unserem Nachwuchs eine gute Mutter sein."

Er. Hat. Doch. Nicht. Etwa. Gerade...

Ich gebe es auf, mit diesem frauenfeindlichen Muskelprotz reden zu wollen.

„Ich werde *niemals* die Mutter deines Nachwuchses sein", fauche ich ihn an. „Nicht in diesem Leben oder jedem anderen, du frauenfeindlicher Psychobastard."

Seine violetten Augen lodern auf. Er packt mich mit eisernem Griff und zieht mich näher. Meine Ketten rasseln. „Ich bin kein Bastard. Ich bin der rechtmäßige König und meine Partnerin muss mich mit dem mir gebührenden Respekt behandeln."

Ich weiß nicht, welcher Teufel mich reitet, aber ich lache ihn aus und dann, vielleicht weil noch ein letzter Rest Rebellion in mir steckt, spucke ich ihm ins Gesicht.

Er drückt mich noch fester an sich, sodass sich meine Füße fast vom Boden heben. Ein Feuer lodert in seinen lilafarbenen Augen, die am Rand fast weiß glühen.

„Dafür", sagt er mir leiser, drohender Stimme, „sollte ich dich jetzt besteigen und dich mit meinem Samen vollpumpen, damit du bereits am Morgen dick mit meinem Nachwuchs bist."

Ich erschaudere. Vor Widerwillen. Es ist auf jeden Fall Widerwillen. Richtig?

Seine Zunge dringt zwischen seinen Lippen hervor und ein böses Lächeln umspielt seine Lippen. „Dein Körper erinnert sich noch genau an meine Berührung."

Er hält meinen Körper mit einem starken Arm umklammert, mit der anderen Hand liebkost er meinen Körper, erreicht meine Brüste und kneift mir in die Brustwarzen.

Wieder erschaudere ich, und dieses Mal ist es definitiv *nicht* vor Widerwillen. Verdammt sei mein empfindsamer Körper.

„Hör auf! Du bist ein Monster!"

Es gelingt mir schließlich meine Hände zwischen unsere Körper zu drängen und ich schubse ihn von mir weg.

Er ist sehr viel stärker als ich, sodass ich weiß, dass er es zulässt, dass ich ihn wegstoße, aber das ist mir egal.

Außerdem bin ich so wütend, dass ich mich wiederhole. „Du bist ein Monster. Wag es ja nicht, mich jemals wieder ohne meine Erlaubnis anzurühren."

„Sonst passiert was?" Seine Augen blitzen. „Ich bin ein Monster. Monster tun böse Dinge."

„Sonst ... sonst lasse ich mich verhungern. Eher sterbe ich, als mich für deine üblen Pläne missbrauchen zu lassen. Ich werde alles tun, was in meiner Macht steht, damit du versagst!"

Da habe ich wohl das Falsche gesagt. Oder das Richtige, je nachdem wie man es betrachten will. Denn ich habe es schließlich geschafft, seinen Panzer zu durchdringen.

Er brüllt auf, sodass man alle seine Zähne sieht, und die sind nicht ganz menschlich. Ich weiche einige Schritte zurück, als er losstürmt und die Haustür hinter sich zuschlägt.

Ich renne zum Fenster, jedenfalls so nah es mit meinen Ketten möglich ist.

Er springt dieses Mal nicht sofort in die Luft und ich beobachte, wie er davonläuft. Ich kann nicht fassen, dass er niemals Kleidung trägt.

„Verdammt, Giselle."

Ich reiße meinen Blick vom Fenster weg, als mir klar wird, dass ich seinen wohlgeformten Hintern betrachte, als er wegläuft.

KAPITEL 8

ERSTER

UNVERSCHÄMT. Undankbar. Ich biete ihr die Chance, die Mutter einer neuen Spezies zu werden. Königin der ganzen...

Aber dankt sie es mir? Buckelt und schmeichelt sie, wie es sich gehört?

Nein, sie spuckt mir ins Gesicht.

Mein Gesicht glüht vor Wut über diese Beleidigung.

Meine Mutter hätte sie köpfen lassen.

Aber meine Mutter ist nicht mehr da.

Auf der mit Gestrüpp bewachsenen Weide entdecke ich einige Rehe. Giselle glaubt, dass sie verhungern wird? Ich bin ihr Versorger und ich werde sie zwangsfüttern, wenn es nötig ist.

Mutters Gesicht erscheint vor meinem inneren Auge und ich öffne den Mund und lasse die Höllenflammen, die in mir auflodern, heraus. Der Rehbock hat keine Chance.

Versager.

Dieses Wort geht mir durch den Kopf, als ich an meine Mutter denke. Das hat sie mir oft genug vorgeworfen.

„Warum bist du nur so ein Versager? Du bist mein Sohn und der Sohn des Königs. Du bist einer der letzten Lebendgeborenen im Volk der Draci. Trotzdem demütigst du mich, indem du in der Akademie nur zweitbeste Noten und bei den militärischen Wettkämpfen den dritten Platz erreichst. Kannst du dir vorstellen, wie die anderen Mütter sich heimlich über mich lustig machen?"

„Es tut mir leid, Mutter. Ich habe bei meiner Matheaufgabe einen Fehler gemacht und beim Wettkampf hat sich mein Flügel in der dritten Kurve verheddert..."

Der Schlag ins Gesicht kam nicht unerwartet. Als ich mein Zeugnis und meinen Pokal erhielt, war mir sofort klar, dass ich aus dem Gespräch mit meiner Mutter nicht unbeschadet hervorgehen würde.

„Spar dir deine jämmerlichen Ausreden. Ich weiß was dahintersteckt. Es ist dieser erbärmliche Baker-Junge, mit dem du so viel Zeit verbringst. Nun, das ist jetzt vorbei."

Ich sah sie mit schreckgeweiteten Augen an. „Nein, bitte nicht. Nicht Peotr. Er ist mein bester Freund! Ich werde noch mehr lernen. Doppelt so viel, ich verspreche es dir!"

„Weinst du etwa?" Meine Mutter sah voller Verachtung auf mich hinab. Aber dann beugte sie sich zu mir hinunter, bis sie auf Augenhöhe mit mir, der vor ihr kniete, war.

„Liebst du mich?"

Ich nickte eifrig.

„Also, wenn du mich liebst, dann wirst du diesen Jungen nie wiedersehen."

Ich feuere die Flamme ab und betrachte das Tier, das ich gegrillt habe. Es besteht fast nur noch aus verkohlten

Knochen, weil ich es so lange meinem wütenden Feuer ausgesetzt habe.

Ich drehe mich um und blicke zum Himmel empor. Ich atme tief aus und mein dampfender Atem wird in der kühlen Nachtluft zu Nebel.

Das war Mutters ständige Strategie in meinem ganzen Leben – *wenn du mich liebst, dann tust du dies oder das.* Als ob meine Liebe ständig auf die Probe gestellt wurde und ich sie immer wieder beweisen musste.

Aber in der letzten Prüfung?

Nachdem sie meinen Vater getötet hatte und vor der Versammlung stand, bereit, meinen Bruder zu töten, ging sie sogar so weit, mir das Schwert in die Hand zu drücken und befahl mir, die Tat auszuführen...

Aber hätte auch das sie jemals zufriedengestellt? Es war nie genug. Sie hätte nie aufgehört, meine Loyalität auf die Probe zu stellen. Bis hin zum Ende und meinem Moment des Wahnsinns, der meiner Mutter das Leben kostete.

Der Moment des Wahnsinns, als ich endlich die Wahrheit sagte.

Und damit bewies, dass sie recht hatte – als Sohn war ich ein absoluter Versager.

Wütend wische ich mir die Wangen ab. Ich kann die Vergangenheit nicht ändern. Aber ich kann mich an die Lektionen erinnern, die sie mir mit aller Gewalt einprägen wollte. Gefühlsduselei ist etwas für Schwächlinge.

Ich werde bald ein mächtiger König sein, mächtiger als sie es sich jemals hätte vorstellen können.

Dann drehe ich mich um, um ein anderes Reh zu jagen. Ich springe in die Luft, als es vor mir flieht, aber es kann mir nicht entkommen.

KAPITEL 9

GISELLE

EINE STUNDE SPÄTER KOMMT ER ZURÜCK INS HAUS UND WIRFT EIN GROSSES GEGRILLTES STEAK AUF DEN TISCH. Ehrlich gesagt, es duftet herrlich.

Aber dann sehe ich Erster an und mein Magen dreht sich um. Er ist mit Blut bedeckt.

„Was ist passiert?" Ich springe auf. „Geht es dir gut?"

„Wie bitte?"

„Das Blut!"

Erster sieht an sich hinab und lacht. „Das ist doch nur von meinem Jagdopfer." Er zeigt auf das Fleisch. Mein Appetit ist im Handumdrehen verschwunden.

„Heißt das, du bist gerade losgezogen und ... und hast dieses Tier getötet?"

„Jetzt musst du nicht verhungern."

Ich lege meine Hand auf meinen Bauch und weiche zurück. „Sorry, aber das kann ich nicht essen."

Er kneift die Augen zusammen, was noch bedrohlicher

aussieht, weil sein Gesicht mit Blut befleckt ist. „Iss", befiehlt er mit einer Stimme, die keine Widerworte duldet.

„Nein, danke."

Er kommt mit seinem wiegenden Raubtierschritt auf mich zu. „Ich sagte, iss!"

„Ich bin Vegetarierin!", behaupte ich und hebe abwehrend die Hände. Es ist sogar die Wahrheit. Na ja, ich war eigentlich bis jetzt keine, aber nach dieser Szene, bin ich ab sofort Vegetarierin.

„Dann nehme ich mal an, dass du *verhungern* wirst!", brüllt er mir ins Gesicht. Ich zucke zurück, schließe die Augen und zittere vor seiner Wut.

Im nächsten Augenblick ist er schon wieder verschwunden. Sekunden später höre ich das unverkennbare *Wuuuusch, Wuuuusch, Wuuuusch* seiner Flügel, was bedeutet, dass er wirklich weg ist.

Erleichtert atme ich aus und lasse mich auf das Sofa sinken, aber nur für einen kurzen Moment.

Es ist gut, dass ich es immer wieder schaffe, ihn aus dem Haus zu vertreiben. Denn sofort stehe ich auf und nehme die schwere Buchstütze.

NACHDEM ICH EINE STUNDE DAMIT VERBRACHT HABE AUF DIE KETTEN EINZUSCHLAGEN, bin ich völlig erschöpft. In den letzten achtundvierzig Stunden habe ich nur einige Kanapees und Mini-Quiches zu mir genommen, und natürlich die paar Bissen des altbackenen Brotes, als ich hier ankam.

Das ist nicht gerade ausreichend Energie für ständiges Kardiotraining. Trotz meiner Schwäche zwinge ich mich, die Arme zu heben und die schwere Buchstütze noch einmal auf die Kette krachen zu lassen.

Nur noch einmal.

Bumm.

Nichts.

Komm schon, noch einmal.

Bumm.

Oh Gott, meine Arme fühlen sich an wie gekochte Nudeln. Ich werde es niemals schaffen. Vielleicht liege ich völlig falsch und die Schmiedestelle ist nicht die schwächste, sondern die stärkste Stelle der Kette. Vielleicht liegt im außerirdischen Dracifeuer eine besondere Kraft. Aber ich kann jetzt nicht an einer anderen Stelle von vorn anfangen. Ich kann einfach nicht mehr. Ich habe schon so viel Kraft investiert.

Tränen laufen mir die Wangen hinunter. Ich habe keine Kraft mehr. Ich kann diese verfluchte Buchstütze nicht mehr heben.

Dann denke ich an Erster, wie er blutbesudelt vor mir steht und mich wütend anbrüllt. Ich lehne mich an die Wand.

Dann denke ich daran, wie mein ganzer Körper wach wurde, als er mich berührte. Wütend schreie ich auf, hebe die Buchstütze hoch über meinen Kopf und lasse sie noch einmal niederkrachen.

Die Kette zerbricht an der Schmiedenaht.

Oh mein Gott. Oh mein Gott. Ich lache vor freudiger Erregung und stelle mich hin. Er könnte jeden Moment zurückkommen, also muss ich so schnell wie möglich von hier verschwinden. Aber mir ist schwindlig und ich lege die Hand an die Stirn.

Okay, langsam. Denk nach. Sei klug. Du bist mitten in einer Art Wüste. Wasser. Lebensmittel.

Schnell durchsuche ich die Schränke und finde eine Wasserflasche. Ich fülle sie, nehme mir den Rest des alten Brotes. An der Tür steht ein Paar alter Stiefel. Sie sind mir nur einige Nummern zu groß, und auf jeden Fall besser als die Riemchensandalen, die ich zur Wohltätigkeitsveranstaltung getragen habe.

Ich renne los. So schnell mich meine armseligen, müden Beine tragen.

Es ist schon dunkel draußen, aber das Licht des Halbmonds erhellt ein wenig die Dunkelheit. Außerdem habe ich in der Hütte eine Taschenlampe gefunden. Ich darf sie nicht allzu oft einschalten, denn sobald Erster merkt, dass ich verschwunden bin, braucht er nur über mir zu fliegen und das Licht wird mich sofort verraten.

Es dauert nicht lange bis ich nicht mehr rennen kann. Ich bin völlig außer Atem und falle in einen schnellen Gehschritt. Die Abendluft ist kühl, aber ich gehe so schnell, so dass mir noch warm genug ist. Ich darf nur nicht daran denken, wie kalt es sein wird, wenn ich anhalten muss.

Ich habe keine Ahnung, ob ich in die richtige Richtung laufe, oder wo die nächste Straße oder Stadt ist. Wie abgelegen ist dieser Ort? Und wo genau sind wir *hier*?

Die peinliche Wahrheit? Ich bin nicht gerade ein Naturkind. Immerhin glaube ich, immer in eine Richtung zu laufen, und nicht im Kreis, da ich versuche, mich an den Sternen zu orientieren ... aber, bewegen die Sterne sich nicht im Laufe der Nacht am Himmel? Der Nordstern jedoch nicht. Der bleibt stehen. Und ich *glaube,* dass ich ihn gefunden habe.

Wie gesagt, ich bin wirklich kein Naturkind. Ich war niemals bei den Pfadfinderinnen und meine Familie machte Urlaub in Cabo und keine Rucksackwanderungen in der Sierra Nevada.

Es ist die Hölle, mich plötzlich irgendwo im Nirgendwo wiederzufinden und meinen Weg zurück in die Zivilisation finden zu müssen.

Ach ja, und ich werde von einem irren Außerirdischen gejagt.

Doch als ich das gerade denke, habe ich insgeheim das Gefühl, dass diese Beschreibung nicht ganz fair ist, was zu bedenken gibt, dass ich vielleicht schon unter dem Stockholmsyndrom leide. Ich muss *unbedingt* so schnell wie möglich von hier verschwinden, bevor ich noch den letzten Rest meines offensichtlich schwachen Verstandes verliere.

Ich bleibe kurz stehen und versuche mich wieder am Nordstern zu orientieren ... da höre ich etwas in dem trockenen Gebüsch hinter mir rascheln.

Schnell drehe ich mich um und starre in die tiefe Dunkelheit. Ich kann gerade noch den Impuls unterdrücken, *Wer ist da* auszurufen?

Mist, hat er mich schon gefunden? Ich bin doch erst seit einigen Stunden unterwegs, wenn überhaupt. Ich hatte gehofft, dass ich schneller vorankommen würde, aber was, wenn ich nur eine oder zwei Meilen weit gekommen bin?

Ich halte die Luft an und warte, ob ich noch etwas höre.

Abgesehen von den Grillen und der leichten Brise ist die Nacht totenstill.

Vielleicht bin ich einfach nur übernervös.

Hier still stehen zu bleiben hilft mir auch nicht weiter, also setze ich mich wieder in Bewegung.

Doch einen Moment später könnte ich schwören, dass ich wieder dieses leise Geräusch im Gestrüpp wahrnehme. Dieses Mal scheint es näher zu sein.

Ich erstarre. Verdammt, dieser Nervenstress ist das Letzte, was ich jetzt brauche. „Erster?", rufe ich leise. Wenn er hier ist, dann will ich es wissen. Er hat alle Vorteile auf seiner Seite. Ich *weiß* zwar nicht, ob er im Dunkeln sehen kann, aber ich vermute es. Er ist ein geflügeltes Raubtier und ich ... ich bin nur ich. Eine kleine Pazifistin.

Keine Antwort. Will er mit mir spielen? Oder ist dort wirklich niemand und meine Fantasie geht mit mir durch?

Ich mache einige vorsichtige Schritte und horche angestrengt in die Dunkelheit. Kurz darauf höre ich es wieder.

Meine Stimme zittert. „Das ist nicht witzig, Erster. Wenn du hier bist, dann komm aus deinem Versteck. Ich habe es kapiert. Du bist der große, böse Jäger und ich das schwache Menschlein."

Doch dann höre ich ein Geräusch.

So ein Geräusch habe ich noch nie aus Ersters Mund gehört. Auch nicht von Shak oder Ezo. Es hört sich nicht nach einem Draci an. Aber es klingt wie ein Tier.

Scheiße. Ich war so mit meinem außerirdischen Entführer beschäftigt, dass ich gar nicht daran gedacht habe, dass...

Ein raubtierhaftes Knurren durchbricht die Stille und plötzlich ertönt Ersters Stimme wie aus dem Nichts.

„Lauf!", brüllt er und dann falle ich hin. Ich krabble wie eine Krabbe zurück und kreische auf, als ich die Szene vor mir erblicke.

Erster ist... oh mein Gott, er...

Er kämpft mit einem verdammten Puma. Einem Puma!

Die riesige Katze stürzt wieder vor und die beiden rollen den leichten Hang hinab, wobei jeder versucht, den anderen in den Griff zu kriegen.

Als sie am Fuße des kleinen Hügels ankommen, sehe ich wie der Puma seine Zähne in Ersters Hals und Schulter schlägt.

„Erster!", schreie ich. Warum schleudert er keinen Feuerstrahl auf den Puma?

Er brüllt auf und eine winzige Flamme erhellt die Nacht. Die Katze heult, aber sie weicht nicht zurück und lässt seinen Hals nicht los.

Die beiden rollen einen weiteren Hang hinab. Erst ist Erster oben, dann wieder der Puma, und dann wieder Erster.

Er ergreift den Kopf des Tieres und zieht ihn nach hinten. Dann dreht er ihn grob und mit einem Knacken bricht er den Hals des Raubtiers, sodass es tot auf Erster zusammenbricht.

„Oh mein Gott. Ist alles in Ordnung?" Schnell renne ich zu ihm und versuche ihm dabei zu helfen, den Puma von ihm herunterzuziehen.

Erster sagt nichts, aber gemeinsam gelingt es uns, das riesige Tier von seinem Körper auf den Boden zu zerren. Erster atmet schwer. Als ich näher hinsehe, sehe ich, dass Blut aus der Wunde an seinem Hals strömt, wo der Puma ihn gebissen hat.

„Oh mein Gott", sage ich wieder, aber bevor ich irgendetwas tun kann, steht Erster mühsam auf.

„Was machst du? Du bist verletzt!", rufe ich.

Aber er ignoriert mich. Dann umschlingt der sture Bastard meine Taille und entfaltet seine riesigen Flügel.

Ich schreie auf, als er sich in die Luft schwingt.

Seine Schwingen flattern kläglich schwach und wir kommen dem Boden gefährlich nahe.

„Lass uns runter!", kreische ich. „Du bist verletzt und wirst uns umbringen!"

Er beachtet mich gar nicht, verstärkt seinen Griff um meine Taille und flattert entschiedener mit den Flügeln.

Das Blut aus seiner Halswunde läuft über meine Wange. Jede Sekunde verliert er mehr Blut und er dürfte jetzt eigentlich seine Kraft nicht mit *Fliegen* verschwenden.

Ich kann mich nicht sehr deutlich an unseren ersten Flug erinnern, weil ich solche Angst hatte, aber ich bin mir sicher, dass er nicht vor Anstrengung gekeucht hat wie jetzt. Wenn er einatmet, dann macht er jedes Mal ein nasses, pfeifendes Geräusch.

„Erster! Um Himmels Willen. Bring uns auf den Boden, bevor wir fallen!"

Noch nie bin ich einem dickköpfigeren Wesen begegnet. Er fliegt stur weiter, bis endlich unser Haus im Licht der Morgendämmerung in Sicht kommt.

Schließlich setzt er zur Landung an, aber er wird nicht langsamer. In letzter Sekunde dreht er sich um, sodass er bei unserer Bruchlandung auf den Boden aufprallt und mich so mit seinem Körper schützt.

„Verdammt, war das wirklich nötig?" Ich setze mich mühsam auf und drehe mich um, um ihn wütend anzusehen.

Er hat die Augen verdreht und das Blut aus seiner Halswunde bedeckt jetzt seine ganze Brust. Erster ist bewusstlos. Seine Flügel liegen völlig verdreht hinter ihm auf dem Boden.

KAPITEL 10

GISELLE

EINEN MOMENT LANG ERSTARRE ICH VOR SCHRECK UND ENTSETZEN.

Dann macht sich eine leise Stimme in meinem Kopf breit: *Das ist die beste Gelegenheit. Er ist verletzt. Seine Flügel sind gebrochen. Dieses Mal kann er dich nicht verfolgen.*

Ich drehe mich um und renne los, dieses Mal in die andere Richtung als gestern Abend. Aber kaum habe ich drei Schritte zurückgelegt, da muss ich daran denken, wie er sich umgedreht hat, sodass er bei der Bruchlandung auf den Boden prallte, und nicht ich.

Auf der anderen Seite wäre ich nie in diese Gefahr geraten, wenn er nicht so leichtsinnig geflogen wäre. Ich hatte ihm gesagt, dass er nicht in der Lage sei zu fliegen. Aber hat er auf mich gehört? Natürlich nicht.

Weil er ein Entführer ist, und darauf aus, die Welt zu beherrschen.

Es wäre wirklich das Vernünftigste, jetzt wegzulaufen.

Aber ich bin Pazifistin. Bedeutet das nur, dass ich gegen Krieg bin, oder auch, dass ich verpflichtet bin, Verletzten zu helfen? Okay, ich bin keine Ärztin und habe nie den Hippokratischen Eid geleistet, aber trotzdem.

Dort liegt ein fühlendes Wesen, das verletzt ist und Schmerzen hat, und es ist niemand sonst da, der ihm helfen könnte.

Seine Leute werden ihn doch finden. Oder?

Aber werden sie ihn rechtzeitig finden? Wie lange kann er überleben, wenn er so weiter blutet?

Ich bleibe stehen und sehe mich nach ihm um.

Ich kann noch immer seine reglose Gestalt auf dem Boden liegen sehen.

Mist.

„Nein", flüstere ich mir selbst zu. „Nein, so blöd bist du nicht." Ich kneife die Augen fest zusammen.

Und dann drehe ich mich um und gehe zurück.

ES WIRD SEHR SCHWIERIG WERDEN, Erster in das Haus zu befördern. Er ist schwer, *verdammt* schwer.

Drinnen finde ich einige Erste-Hilfe-Vorräte und verbinde ihm erst einmal die Wunde am Hals, um die Blutung zu stillen. Dann muss ich versuchen, ihn irgendwie ins Haus zu schaffen.

„Mist", fluche ich, als ich ihn bei den Schultern fasse ... und es gerade mal schaffe, ihn einen Zentimeter weit zu bewegen. Ich wische mir den Schweiß von der Stirn und versuche es noch mal.

Aber verdammt, seine Flügel machen Schwierigkeiten.

Sie bleiben ständig an Zweigen oder Steinen hängen, wodurch es noch schwerer wird, ihn zu transportieren. Außerdem mache ich sie wahrscheinlich noch mehr kaputt, wenn ich ihn so zerre.

Wenn ich ihn also irgendwo hinschaffen will, muss ich erst einmal versuchen, seine Flügel zu falten.

Außerdem wäre das Ganze vielleicht einfacher, wenn ich eine Art Trage hätte. Sieht man so etwas nicht immer in Filmen, wenn Leute in der Wildnis verletzt werden?

Ich renne wieder ins Haus, kann aber nur einen großen Teppich finden. Damit muss ich es versuchen.

Draußen lege ich den Teppich neben Erster auf den Boden.

Dann kommt die schwere Aufgabe, Erster auf die Seite zu drehen. Ich brauche mehrere Anläufe und schaffe es schließlich in einer hockenden Position, aus der ich die Kraft meiner Beine nutzen kann, ihn auf die Seite zu wuchten und halb auf den Teppich zu rollen.

Ich versuche, den Schwung zu nutzen und schiebe noch stärker. Mit einem lauten Keuchen gelingt es mir endlich, ihn auf den Bauch und auf den Teppich zu rollen.

Ich keuche entsetzt auf, als ich seine Flügel sehe.

„Oh, Erster", murmele ich und strecke zögernd die Hand nach den empfindlichen Knochen seiner schillernden lila Flügel aus.

Als ich anfange sie zu falten, stöhnt Erster vor Schmerz auf.

„Es tut mir so leid", flüstere ich, während ich versuche, die natürlichen Faltpunkte zu finden, was schwierig ist, da einige Knochen gebrochen sind. Ich weiß nicht, ob es besser ist, die Flügel zu falten oder sie auszubreiten, damit sie heilen können. Aber mit ausgestreckten Flügeln passt er nicht durch die Tür, also mache ich weiter, so gut es geht.

Schließlich habe ich sie fast fertig gefaltet, bis auf den linken Flügel, der in einem falschen Winkel vom Körper absteht. Sonst liegen seine Flügel so nah am Körper an, dass man sie kaum bemerkt, nur dass sie eben Flügel *sind*.

Schließlich kommt die enorme Anstrengung, ihn ins Haus zu ziehen. Gott sei Dank gibt es keine Treppe zum Haus, nur die flache Türschwelle. Außerdem ist es etwas leichter, den Teppich zu ziehen, als an Erster herumzuzerren.

Mit dem ersten Ruck kann ich ihn ein gutes Stück vorwärts bewegen und bald erreiche ich die Tür. Ihn durch die Tür zu bugsieren klappt nicht ganz so gut, aber wenigstens ist er nicht bei Bewusstsein und fühlt die ganzen Stöße nicht. Aber wie wird er sich morgen fühlen? Nun, darüber wollen wir jetzt noch nicht nachdenken.

Ich schaffe es, Erster in die Mitte des Wohnzimmers zu ziehen, bevor ich schwer atmend auf das Sofa sinke.

Erster sieht mitleiderregend aus, wie er da mit dem Gesicht nach unten auf dem Teppich liegt. Blut sickert aus dem Verband an seinem Hals. Er ist noch lange nicht über den Berg.

Ich gehe zurück zu dem Erste-Hilfe-Kasten, den ich aus dem Bad geholt und auf den Küchentisch gestellt habe, und durchsuche ihn. Okay, da haben wir Wasserstoffperoxid und einige Pflaster, aber sie sind nicht groß genug für die Wunde an seinem Hals.

Ich muss die Wunde desinfizieren. Ich nehme an, dass das Maul des Pumas ziemlich schmutzig war, also muss ich die Wunde behandeln, weil sie sich sonst entzündet.

Ich hoffe, dass Erster noch eine Weile bewusstlos bleibt, weil ich die Wunde wirklich gründlich säubern muss.

Im Schrank finde ich einige zerschlissene alte Waschlappen und hocke mich dann mit dem Peroxid neben Erster.

Dann ziehe ich den Verband ab und zucke zusammen. Das Blut ist getrocknet, aber darüber läuft frisches, rotes Blut. Ihr Blut hat die gleiche Farbe wie unseres, wer hätte das gedacht?

Ich schüttele diesen Gedanken ab, tauche meinen Lappen in das Peroxid und reinige die Wunde, so gut es geht.

Als ich das getrocknete Blut und den Schmutz abgewischt habe und endlich zu der Wunde selbst vordringe, fängt Erster an sich zu regen.

Doch erst als ich das Peroxid großzügig über die Wunde gieße, reißt er die Augen auf und brüllt.

Ich springe zur Seite, als eine kleine Flamme aus seinem Mund dringt.

„Hör auf damit!", zische ich und lege die Hand auf mein Herz. „Ich versuche gerade, dein Leben zu retten!"

„Das tut weh!", brüllt er mich an. Er dreht den Kopf zu mir und frisches Blut fließt aus seiner Halswunde.

Jetzt nervt er mich aber wirklich. „Hör mal zu, wenn du mich nicht entführt hättest, dann wären wir beide jetzt nicht in dieser Lage. Jetzt lehn dich zurück und lass mich machen. Es wird brennen, aber ohne Behandlung wirst du sterben."

Wieder nehme ich die Flasche Peroxid und schütte mehr davon auf seine offene Wunde.

Sein gesamter Körper wird starr und er spannt seine muskulösen Arme an, als ich mich über ihn beuge. Er presst die Zähne so fest zusammen, dass ich sie fast knirschen höre.

Ich hole einen sauberen Waschlappen, den ich noch

nicht gebraucht habe und drücke ihn auf seine Wunde. Erster stößt ein tierisches Keuchen aus, sagt aber nichts und heftet seinen Blick fest an die Decke.

Und dann, Gott sei Dank, verliert er wieder das Bewusstsein.

KAPITEL 11

ERSTER

ICH STEHE AM FENSTER DES PALASTES UND SEHE HINAB AUF DIE STRASSE, wo Massen des Volkes der Draci versuchen, die Rettungsschiffe zu erreichen, bevor es zu spät ist. Dann drehe ich mich zu meiner Mutter um.

„Warum lässt du nicht mehr herein? Wir haben noch Tausende Stasis-Pods, die wir auf den Schiffen unterbringen könnten." Wieder sehe ich auf die Horden auf der Straße hinab. Draußen ist es dunkel. Es ist jetzt immer dunkel, bis auf ein paar Stunden schwachen Sonnenscheins am Nachmittag. Die Frosttemperaturen haben genauso viele Tote auf den Straßen zurückgelassen, wie Lebendige, die noch verzweifelt versuchen, den Palast und die Schiffe zu erreichen.

Meine Mutter sieht mich amüsiert an. „Das würde die Schiffe überladen. Wir nehmen die wichtigen, oberen Kasten mit, sowie genug untere Kasten, um uns während der Reise nützlich zu sein."

Wie ist es nur möglich, dass meine Mutter mich immer wieder überraschen kann. Ich bin immer der pflichtbewusste Sohn. Aber das hier? Dazu kann ich nicht schweigen. „Nein, Mutter, wir dürfen nicht..."

Sie verpasst mir eine Ohrfeige.

Sie ist etliche Zentimeter kleiner als ich, aber sie legt ihr ganzes Gewicht in diesen Schlag, sodass ich zurücktaumele.

„Willst du, dass ich dich auch zurücklasse?", faucht sie.

„Das würdest du nicht tun. Ich bin dein einziger Sohn." Doch selbst, als ich diese Worte ausspreche, bin ich mir nicht sicher. Schließlich hat sie mir in all den Jahren nicht viel Zuneigung geschenkt. Ich bin mir nicht einmal sicher, ob sie überhaupt fähig ist, so etwas wie Liebe zu empfinden. Ich gebe ihr politische Bedeutung, da ich eines der letzten Babys bin, die geboren wurden. Und ich bin der Thronfolger.

Allerdings wäre es ein Leichtes für sie, zu behaupten, dass es im allgemeinen Chaos des Exodus eine Verwechslung gab und ich zurückgelassen wurde. Sie könnte sogar eine große Heldentat daraus machen, um sich in ein günstiges Licht zu rücken und Sympathie zu ernten. Und noch mehr Macht.

Doch dann ändert sich ihr Gesichtsausdruck und sie umarmt mich. „Es tut mir leid, mein Sohn. In diesen schrecklichen Zeiten sind wir alle etwas gereizt."

Sie lehnt sich etwas zurück und legt ihre Hände an meine Wangen. Die Wange, die immer noch von ihrem Schlag schmerzt. „Du weißt doch, dass ich dich mehr denn je brauche. Es gibt Intrigen gegen unsere Familie. Du bist der Einzige, dem ich vertrauen kann. Bitte. Ich brauche dich an meiner Seite. Du darfst mich nicht infrage stellen."

Sie verdreht alles. Sie versucht, mich zu manipulieren. Das macht sie immer.

Und obwohl ich das genau weiß, schmiege ich meine Wange in ihre Hand.

Sie ist meine Mutter. Ich sehne mich nach ihrer Liebe, auch wenn ich den Verdacht hege, dass sie dazu nicht fähig ist.

Ich suche ihren Blick. „Ich stelle dich nicht infrage. Aber ich werde eines Tages König sein, oder nicht? Darf ich dann eine Ungerechtigkeit sehen und dazu schweigen? Ich werde damit nicht vor die Ratsversammlung treten. Aber ich rede mit dir, damit wir unsere Sache gemeinsam vertreten können."

Meine Mutter nickt und ihr Blick wird sanfter. „Du hast recht. Aber ich bin deine Mutter und es ist schwer für mich, zu sehen, dass du langsam erwachsen wirst. Vielleicht können wir deinen Vorschlag überdenken und ihn eventuell deinem Vater vortragen."

Bei ihren Worten schwillt mein Herz an. Vielleicht wird jetzt wirklich alles anders.

Sie tritt einen Schritt zurück und deutet auf die Tür. „Aber nun komm mit, zuerst müssen wir an der Inspektion einiger Stasis-Pods teilnehmen, die wir am Ostflügel eingerichtet haben."

In einvernehmendem Schweigen gehen wir zum hinteren Teil des Palastes zu dem riesigen, abgezäunten Gebiet, wo die drei Rettungsschiffe gebaut werden. Gleißendes elektrisches Licht erhellt die enorme Baustelle und Leute eilen geschäftig hin und her. Es geht zu wie in einem Bienenstock.

Die Zeit läuft schneller ab, als wir dachten. Der Lange Winter kam eher, als unsere Wissenschaftler vorhergesehen hatten, und nun müssen wir uns beeilen, um alles vorzubereiten, bevor es zu spät ist. Aber die Schiffe sind fast fertiggestellt. Nun sind wir mit den letzten Vorbereitungen beschäftigt und beladen sie mit Vorräten.

Bald werden wir diesen Planeten für immer verlassen, auf der Suche nach einem neuen Heim, viele, viele Lichtjahre entfernt. Sie sagen, die Reise wird Hunderte von Jahren dauern.

Meine Mutter geht voran. Sie hält nicht einmal im Schritt inne, um mit einem der Arbeiter oder Ingenieure zu sprechen. Sie gehören einer niedrigeren Kaste an und sind ihrer Meinung nach ihrer Aufmerksamkeit nicht würdig. Ich nicke den Leuten, an denen wir vorbeikommen, zu und versuche so aufmunternd wie möglich auszusehen.

Das Leitschiff ist viel geräumiger als ich erwartet hatte. Als wir durch seine Flure laufen, sehe ich nur, dass genug Platz vorhanden ist, um weitere Stasis-Pods unterzubringen. Warum ist es so wichtig, ob wir mehr Platz haben, wenn wir sowieso alle schlafen werden?

„Königin Mutter", sagt ein Draci der Ingenieurskaste und blickt von seinem Tablet auf, als wir uns nähern. In einem offenen Raum sind Stasis-Pods wie Soldaten nebeneinander aufgereiht.

„Wie geht es voran?", fragte meine Mutter, ohne den Ingenieur eines Blickes zu würdigen. Sie fährt mit der Hand über das blanke, glatte Metall eines Stasis-Pods.

„Die Installation lief perfekt. Diese Pods sind funktionstüchtig und bereit für die Aufnahme von Personen."

„Ausgezeichnet." Sie macht eine fast unbemerkbare Handbewegung. „Wachen."

Ich runzele die Stirn, weil ich nicht verstehe, was los ist. Doch dann kapiere ich es ziemlich schnell, als vier königliche Wachen mich ergreifen, zwei an jeder Seite, und mich zu einem der Stasis-Pods zerren.

Der Ingenieur öffnet schnell den Pod.

„Mutter. Mutter!", schreie ich. „Tu das nicht!"

Aber es hilft nichts. Die Wachen stoßen mich aufrecht in den Pod und sofort schlingen sich Plasmafesseln um meine Arme und Beine.

Ich sehe die Wachen an. „Lasst mich los! Ich bin der Sohn des Königs. Ich werde euch wegen Verrats hinrichten lassen."

Bald bin ich durch die Plasmafesseln komplett bewegungsunfähig und die Soldaten treten zurück. Sie sehen sich an, offensichtlich nicht sicher, ob es richtig war, was sie getan haben. Meine Mutter tritt schnell vor. „Wegtreten."

Die Wachen nehmen Haltung an und verlassen den Raum.

Wütend starre ich meine Mutter an. „Wie kannst du es wagen. Ich werde eines Tages König sein."

Sie lächelt mich an. Sie *lächelt*.

Dann streckt sie die Hand aus und liebkost meine Stirn. Ich will ihrer Berührung ausweichen, aber das ist natürlich unmöglich. „Du wirst mir eines Tages dankbar dafür sein."

Das hat sie schon sehr oft zu mir gesagt, aber nicht ein einziges Mal bin ich ihr wirklich dankbar gewesen.

„Du wirst in Hunderten von Jahren aufwachen und das hier wird dir nur noch wie ein böser Traum erscheinen. Ich bewahre dich vor diesem Albtraum. So wie es jede liebende Mutter tun würde."

Dann beugt sie sich vor und küsst mich auf die Wange.

Ich will sie anschreien, aber ein Plasmarohr dringt in meinen Mund und führt sich in meine Kehle ein, sodass ich an meinen Flüchen ersticke, als sie zurücktritt und die Glastür des Stasis-Pods sich schließt.

„Neeeeiiiiin!" Ich versuche zu schreien und zerre an meinen Fesseln. „Lass mich hinaus. Hör auf! Du darfst nicht alle diese Leute sterben lassen!"

„Erster. Erster, du musst dich beruhigen! Erster, bitte, ich kann dich nicht halten und so wird deine Wunde wieder aufreißen."

Ich höre auf mich herumzuwerfen und bin völlig verwirrt. Giselle? Mein menschliches Weibchen? Was macht sie denn h...? Wie...?

Ich blinzele und bin auf einmal nicht mehr an Bord des Rettungsschiffes, sondern in einer menschlichen Behausung. Alles ist aus Holz statt aus Metall.

Ich verstehe gar nichts mehr. Gerade war ich noch bei meiner Mutter. Und den Draci, die ich hätte retten müssen. Eigentlich hätte ich wissen müssen, dass meine Mutter mich austricksen würde. Ich hätte...

„Erster, du musst das hier trinken. Du hast nicht genug Flüssigkeit zu dir genommen. Du hast seit Tagen Fieber. Bitte trink das." Mein menschliches Weibchen hört sich völlig erschöpft an, als sie die Tasse mit Wasser an meine Lippen hält.

Ich schlucke gierig und die Hälfte des Wassers läuft an meinem Kinn hinab.

Alles um mich herum ist wie in einem Nebel. Mir ist gleichzeitig kalt und heiß.

„Erster, gibt es jemanden, den wir zu Hilfe holen können? Ich weiß nicht, wie ich dir am besten helfen kann. Wir brauchen so etwas wie außerirdische Antibiotika oder so was. Anscheinend habe ich die Wunde nicht rechtzeitig gesäubert. Bitte, Erster. Ich habe Angst wegzugehen, um Hilfe zu suchen. Ich weiß nicht einmal, in welche Richtung ich gehen müsste oder wie weit weg..."

Blind taste ich herum, bis ich ihren Arm spüre, und halte ihn mit meinen klauenbewehrten Händen fest. „Nein. Nein, geh nicht weg. Lass mich nicht im Dunkeln allein." Ein heftiger Schauer durchläuft meinen Körper. Ich war so viele Jahre allein in der Dunkelheit. Wir hatten ja keine Ahnung, wie Stasis sich anfühlen würde, die Jahre von Träumen und Albträumen, ganz allein. Allein in der Dunkelheit, und ich hatte nur hundert Jahre der Reise geschlafen, bevor Mutter mich weckte. Ich fange an zu zittern. „Lass mich nicht allein."

„Okay, okay. Ich gehe nirgendwo hin. Ich lasse dich nicht allein. Ich bin hier. Ich bin hier, Erster. Ich gehe nicht weg."

Ich lasse mich in die Matratze zurücksinken und die Dunkelheit hüllt mich wieder ein.

KAPITEL 12

GISELLE

ER HAT DIE GANZE NACHT HINDURCH GESCHRIEN. Voller Angst schrie er nach seinem Volk. Nach denen, die er zurückgelassen hatte und nicht retten konnte.

Er beruhigte sich nur, wenn ich bei ihm war. Schließlich stieg ich einfach zu ihm ins Bett und schmiegte mich an seinen riesigen, fieberheißen Körper. Ich war völlig erschöpft und nichts anderes half. Er brauchte Schlaf. Ich wusste nicht, wie ich ihm helfen sollte und hatte keine Ahnung, wie und wen ich um Hilfe bitten konnte. Ich könnte versuchen Hilfe zu holen, aber wo sollte ich hingehen? Und wie sollte ich dorthin gelangen? Eine Sache war mir absolut klar geworden, als ich meinen verrückten Fluchtversuch unternommen hatte, und zwar, dass wir hier wirklich am Arsch der Welt waren.

Vielleicht könnte ich einen halben Tag in eine Richtung laufen und mit etwas Glück in eine Art Zivilisation zurückfinden ... und was dann?

Wenn ich Shak anriefe, würde er Erster *helfen*? Oder ihn einfach töten? Shak ist ein guter Kerl, aber Erster hat recht, Shak wird seine Familie mit allen Mitteln schützen. Und Erster ist hier und plant offenen Verrat. Natürlich würde Shak ihn hinrichten lassen.

Na und? Dann bin ich frei. Es mag vielleicht barbarisch aussehen, aber so sind ihre Bräuche und ich wollte nie in ihre Angelegenheiten verwickelt werden. Ich wurde *entführt,* verflucht noch mal!

Also gelten deine Moralvorstellungen nur, wenn es dir in den Kram passt, nicht wahr?

Nein. Auf gar keinen Fall. Schließlich bin ich nicht wie mein Vater.

Also bleibe ich. Und warte ab, was kommt. Entweder wird Erster wieder gesund oder nicht.

Schlaf ist meiner Meinung nach das Beste für ihn, wenn wir schon kein Antibiotikum haben. Wenn er also unruhig wird und aufschreit, dann lege ich mich zu ihm ins Bett.

Er zieht mich dann sofort dicht an sich, wie ein Kissen, und legt eines seiner muskulösen Beine über mich, sodass ich nicht weg kann. Und er strahlt eine wahnsinnige *Hitze* aus. Als ob in seiner Brust ein Feuer lodert.

Sofort bereue ich meine Entscheidung und versuche, mich von ihm zu lösen, aber er hält mich nur noch fester. Ja, und dann wird er sofort ruhig. Er schreit nicht mehr auf und murmelt auch nicht mehr unruhig vor sich hin. Auf einmal atmet er schwer, aber gleichmäßig. Und ich bin *so* müde. Total erschöpft, weil ich seine Wunde versorgen und ihm Flüssigkeit einflößen muss, und der ganze Stress mich fertigmacht.

Also schlafe ich, trotz der Sauna, in der ich gefangen bin, endlich auch ein.

KAPITEL 13

ERSTER

SIE LIEGT IN MEINEN ARMEN. Sie ist zierlich und zerbrechlich, und ich erinnere mich wie in einem Traum daran, dass sie in der Nacht zu mir ins Bett gestiegen ist.

Doch als ich blinzelnd die Augen öffne, ist sie noch immer da. Ich strecke vorsichtig die Zunge aus, um die Luft zu schmecken und mein ganzer Körper entspannt sich, als ich sie rieche. Sie ist süß, wie die Wildblumen auf den Zizek-Bergen im Frühling. In meinem Leben gab es bisher sehr wenig Sanftes und Süßes, und sie ist beides. Süß, sanft und zerbrechlich.

Ich habe das starke Bedürfnis, meine Blase zu entleeren, aber ich will sie nicht stören. Sie schläft so friedlich und still neben mir, statt mich wie sonst wütend anzuschreien.

Diese Menschenfrauen sehen seltsam aus; nackt wie Mäuse, ohne Schuppen, die ihre Haut bedecken. Als ich die ersten Bilder dieser Kreaturen sah, war ich entsetzt von dem Büschel Haar, das aus ihren Köpfen spross. Aber jetzt

... ich reibe versuchsweise Giselles Haar zwischen meinen Fingern und muss zugeben, dass es sehr weich und seidig ist.

Plötzlich reißt sie ihre hellblauen Augen auf und sieht aus meiner Armbeuge zu mir auf. Wir haben uns in der Nacht bewegt und sie liegt nun in meinen Arm gekuschelt da, mit dem Kopf auf meiner Brust.

Ihr Blick ist zuerst getrübt und sie blinzelt unsicher, als ob sie nicht so recht weiß, wo sie ist, dann werden ihre Augen klar und sie weicht vor mir zurück.

Es stimmt mich traurig, ihren Körper nicht mehr an meiner Brust zu spüren.

„Erster", sagt sie und beugt sich über mich und legt ihre Hand auf meine Stirn. Sie furcht die Stirn voller Konzentration und dann erhellt ein strahlendes Lächeln ihr Gesicht. „Ich glaube, du hast kein Fieber mehr!"

„Fieber?"

„Ja", lacht sie. „Du warst tagelang krank. Fast eine Woche. Ich hatte schon Angst, du würdest..." Sie schweigt, als wolle sie sich zurückhalten mehr zu sagen. „Auf jeden Fall freue ich mich, dass es dir besser geht. Du solltest heute versuchen zu duschen. Ich sehe mal nach, ob ich etwas zum Frühstück finde."

Sie will aufstehen, aber ich halte sie am Handgelenk fest.

Sie verdreht die Augen. „Nicht schon wieder. Erster, schließlich habe ich dich nicht verlassen, während du krank und bewusstlos warst, also haue ich jetzt bestimmt nicht ab, wenn es dir besser geht."

Nun bin ich an der Reihe erstaunt zu blinzeln und die Stirn zu runzeln. Sie ist nicht weggelaufen, als ich krank war. Ich gebe ihr Handgelenk frei. Sie steht auf und ich höre ihre geschäftigen Geräusche im Nebenzimmer. Es hört sich jedoch nicht so an, als wolle sie weglaufen.

Gerade ist mir erst richtig klar geworden, dass sie ganz leicht hätte fliehen können, als ich ohnmächtig und schwach war.

Ich runzele die Stirn und schlage das Laken zur Seite. Ich bin nicht der Typ, der lange krank im Bett liegen bleibt. Gleichzeitig sehe ich an mir hinab und erblicke den Verband an meiner Schulter und an meinem Hals, an der gegenüberliegenden Seite von der, wo sie geschlafen hat.

Ich gehe in das Badezimmer neben dem Schlafzimmer, reiße den Verband ab und betrachte mich in dem spiegelnden Glas.

Da fällt mir auch wieder der dumme Fluchtversuch meiner kleinen Gefangenen ein und wie ich sie vor dem Puma gerettet habe. Ich hätte die große Katze mit einem Feuerstrahl rösten können, wenn ich nicht mein ganzes Feuer früher am Abend verbraucht hätte, um Nahrung für meine Gefährtin zu beschaffen. So kam es, dass ich kein Feuer mehr zur Verfügung hatte.

Ich betrachte kritisch meine Wunde. Die menschlichen Versuche sie zu reinigen waren ungeschickt, aber gut gemeint. Glücklicherweise wurden wir alle gegen die meisten Bakterien dieses Planeten geimpft. Das, und meine ausgezeichnete Draci-Immunität haben die Krankheit bekämpft. Die Wunde heilt bereits.

Wäre ich in der Nähe meines Raumschiffs, dann könnte ich sie mithilfe meines Medizingeräts für Haut- und Knochenverletzungen sofort heilen. Dumm von mir, dass ich es nicht mit zum Haus gebracht habe – beim nächsten Besuch des Schiffs werde ich daran denken. Was geht mich das Mensch-Draci-Abkommen an, die Draci-Technologie zu begrenzen, um einen unangemessenen Einfluss auf die menschliche Kultur zu vermeiden?

Wenn die Rebellen erst einmal das Sagen haben, werden wir dieses Volk unterwerfen und dann werden sie die *gesamte* Macht und Fähigkeiten der Draci kennenlernen. Dann werden sie sich vor uns verneigen. Genau das war der Traum meiner Mutter.

Ich wende mich von dem Spiegelglas ab. Mein Bauch schmerzt. Anscheinend tut es mir nicht gut, an meine Mutter zu denken. Ich verdränge diesen Gedanken. Ich bin einfach nur hungrig, das ist alles. Wer weiß, wie lange es her ist, seit ich die Art Nahrung bekommen habe, die ein Draci für Kraft und Energie braucht?

Von nebenan höre ich ein angenehmes Geräusch, das aber sofort aufhört, als ich die Küche betrete.

Ich sehe Giselle stirnrunzelnd an. „Warum hat das Geräusch aufgehört?"

Giselle steht am Herd. Sie dreht sich mit erstaunt geweiteten Augen zu mir um. „Wie bitte? Oh, das. Ich habe nur vor mich hin gesummt. Entschuldige."

„Mach weiter. Das Geräusch gefällt mir."

Sie lacht, aber ich verstehe nicht, was daran so lustig ist. Dann nimmt sie die Pfanne vom Herd und stellt sie auf den Tisch, den sie aus dem Esszimmer in die Küche gebracht hat, mit einem Stuhl an jeder Seite. Es ist ... heimelig.

„Das sind die letzten Eier", sagt sie und löffelt gebratenes, gelbes Protein aus der Pfanne erst auf meinen, dann auf ihren Teller, und stellt die Pfanne wieder auf den Herd. „Du wirst mehr besorgen müssen."

Sie kommt zurück und setzt sich mir gegenüber an den Tisch.

„Trink das Wasser." Sie zeigt auf die volle Tasse vor mir. „Du brauchst Flüssigkeit, sonst dehydrierst du."

Ich beobachte sie, während sie all dies macht und sie dann ein seltsam geformtes Werkzeug in die Hand nimmt und damit das dampfende Protein in ihren Mund füllt.

Nach einer Weile wird sie darauf aufmerksam, dass ich sie beobachte und sieht mich fragend an. „Was ist los? Iss doch." Sie hält das Werkzeug hoch. Ich nehme langsam mein Werkzeug, das neben meinem Teller liegt, und versuche, ihre Bewegungen nachzuahmen. Ich spieße etwas von dem gelben Protein auf und stecke es mir in den Mund.

Es fühlt sich leicht gummiartig an, schmeckt aber ganz interessant. „Es schmeckt so ähnlich wie das Ei des Hitzikvogels", sage ich.

Sie nickt bedächtig. „Ich frage mich, ob sie so ähnlich aussehen wie Hühnchen. Und ob die Dinger auf einem außerirdischen Planeten so ähnlich wie Hühnchen schmecken. Weißt du, so wie es hier ein Standardwitz ist, dass alles wie Hühnchen schmeckt?" Sie sieht mich erwartungsvoll an, winkt aber dann mit der Gabel in der Hand ab. „Egal."

Sie lässt ihren Blick zum Fenster wandern und isst schweigend weiter.

Das gefällt mir nicht. Es ist schöner, wenn ihre Stimme die Stille erfüllt. „Erzähl mir mehr", sage ich, nachdem ich meinen Mund mit Ei gefüllt habe. „Erzähl mir mehr von diesen köstlichen Hühnchen."

Sie lacht und ich runzele die Stirn. Sie findet mich immer lustig, wenn ich gar nicht die Absicht habe, einen Witz zu machen. Aber egal, es gefällt mir, sie zum Lachen zu bringen.

Ihr Lachen hört sich wunderschön an. Ich mag es genauso sehr wie ihr Summen. Man sollte diese Laute auf ein Gerät aufnehmen und den Rebellen vorspielen, damit sie hören können, dass nicht alle Menschen Ungeziefer sind. Manche von ihnen sind faszinierend und geheimnisvoll.

„Warum bist du nicht weggelaufen?", frage ich, da meine Neugier über ihre Handlungsweise schließlich die Oberhand über meinen gesunden Verstand gewinnt.

Sie runzelt die Stirn und wischt sich ihren Mund mit einer Serviette ab. „Ich wusste nicht, wohin ich gehen sollte", antwortet sie und vermeidet Blickkontakt. „Wenn ich wieder in Schwierigkeiten geraten wäre, dann wäre keiner da gewesen, um mich zu beschützen."

Sie schiebt den letzten Rest Ei in ihren Mund. Erst jetzt merke ich, dass sie sehr viel weniger Ei auf ihren Teller gefüllt hat als auf meinen. Und sie hat gesagt, dass es die letzten Eier waren.

Ich sehe mich in der Küche um und bemerke erst jetzt, wie leer sie wirklich ist. Es gibt hier kaum etwas zu essen. Als ich mir das Haus besorgt habe, dachte ich gar nicht daran, dass es nur mit den absoluten Notwendigkeiten ausgerüstet sein würde. Ich war davon ausgegangen, dass ich alle Lebensmittel, die wir brauchen, selbst besorgen könnte.

Doch in Wirklichkeit habe ich versagt, Nahrung für meine Gefährtin zu besorgen, abgesehen von dem bisschen, was bereits hier war, einschließlich der Eier, die wir gerade aufessen.

Ich lege meine Gabel nieder. „Ich verstehe dich nicht. Warum hast du mich nicht noch mehr außer Gefecht gesetzt, als ich verletzt war? Dann wäre es doch egal gewesen, wie lange es gedauert hätte, Hilfe zu finden, oder wie weit du hättest laufen müssen. Ich wäre nicht länger eine Bedrohung für dich gewesen."

In ihren Augen blitzt Sorge auf. „Du hast gesagt, du würdest mir nichts antun. War das eine Lüge?"

War es nicht, aber ist sie so dumm, den Worten ihres Entführers Glauben zu schenken?

„Glaubst du, dass ich dich nun freundlicher behandeln werde? Ist das dein Plan? Glaub ja nicht, dass ich vergessen habe, dass es deine Schuld war, dass ich verletzt wurde. Wenn du nicht weggelaufen wärst, dann hätte diese schmierige Katze niemals ihre Zähne in meinen Hals geschlagen."

Giselle schiebt ihren Stuhl zurück und schleudert ihre Serviette auf den Tisch. „Vielleicht hast du ja recht. Vielleicht hätte ich dich einfach hier liegen und *sterben* lassen sollen. Aber da ich anscheinend eine absolute Närrin bin und es nicht getan habe, werde ich wohl kaum abhauen, wenn du wieder wach und mobil bist. Warum gehst du also jetzt nicht unter die Dusche und wäschst dir den *Gestank* ab. Du hast letzte Nacht das doppelte deines Körpergewichts ausgeschwitzt, und einiges davon über *mich*. Und wenn du nicht willst, dass ich verhungere, dann solltest du schleunigst etwas Essbares besorgen, oh großer und mächtiger Versorger. Ich bin Vegetarierin, aber ich esse Eier, wenn sie von Hühnern stammen, die artgerecht und nicht in Legebatterien gehalten werden. Es wäre auch nett, etwas zum Lesen zu haben, wenn du schon mal unterwegs bist. Bring mir doch einige Romane und Krimis mit, wenn du zum Supermarkt gehst."

Sie schnappt sich ihren Teller vom Tisch, dreht mir den Rücken zu, und fängt an Teller und Pfanne zu spülen.

Noch vor drei Monaten wäre eine solche Respektlosigkeit gegenüber einem Prinzen der Draci niemals geduldet worden. Niemand wagt es, mir den Rücken zu kehren! Draci, die Hunderte Jahre älter sind als ich, würden sich demütig vor mir verneigen und erniedrigen, nur für die

Chance meine Gunst zu erlangen, wenn ich nach meinem Vater König würde.

Aber dieses unverschämte Weib zollt mir nicht den Respekt, der mir aufgrund meiner Stellung und der Überlegenheit meiner Spezies zusteht...

... und dennoch ist sie bei mir geblieben und hat für mich gesorgt, wohingegen Mitglieder meiner eigenen Spezies die Situation zu ihrem Vorteil genutzt hätten, wenn sie mich in einem solch verwundbaren Zustand gefunden hätten.

Nachdenklich schiebe ich mir einen weiteren Bissen Protein in den Mund.

Beinahe jeder, außer meiner eigenen Mutter, hätte mich an Giselles Stelle getötet, wenn sie einen Vorteil daraus gezogen hätten. Aber dann fällt mir ein, was meine eigene Mutter mir *angetan* hat, als sie ihre Pläne geschmiedet und ihre Soldaten gegen mich gerichtet hat, um mich auszuschalten, damit ich nicht versuchen konnte, noch mehr von unserer Spezies zu retten.

Giselle hätte es sehr viel besser rechtfertigen können, wenn sie mir geschadet hätte, um sich selbst zu retten.

Warum hat sie es nicht getan? Ist sie sogar noch raffinierter als die Frauen, die ich kenne? Spielt sie ein schlaues Spiel, dessen Ziel ich noch nicht überblicken kann?

Vielleicht hat sie ja versucht wegzulaufen und dann wurde ihr klar, dass sie überall von Wüste umgeben war. Vielleicht hat sie gemerkt, dass sie mich braucht, und ihre beste Überlebenschance darin besteht, mich wieder gesund zu pflegen. Wie sie bereits sagte, unsere Lebensmittel gehen zur Neige. Es ist kaum noch etwas übrig, um sie zu ernähren. Sie braucht mich und meine Flügel, um die Vorräte aufzufüllen.

Ja, nicke ich. So macht ihr Verhalten Sinn.

Aber trotzdem ... die nächste Stadt ist nicht sehr weit weg. Wenn sie ungefähr sechs Stunden in Richtung Süden oder Osten gelaufen wäre, dann hätte sie eine Straße erreicht. Einer ihrer eigenen Spezies, der auf dieser Straße unterwegs war, hätte ihr wahrscheinlich geholfen.

Sie *weiß* aber nicht, dass es eine Straße gibt. Vielleicht glaubt sie wirklich, dass wir viel zu weit von jeglicher Zivilisation entfernt sind, um mit anderen Menschen Kontakt aufzunehmen. Ihr nervenaufreibender Fluchtversuch, der damit endete, dass ich von dem Puma gebissen wurde, muss sie so verängstigt haben, dass sie keinen weiteren Versuch mehr gewagt hat.

Ich runzele die Stirn, unsicher, ob mein Gedankengang stimmt, ob ich das wahre Bild sehe. Diese Menschen sind seltsame Wesen und es nervt mich, dass ich nicht weiß, ob meine Erkenntnisse richtig sind.

Ich stehe auf und gehe einen Schritt auf Giselle zu, da dreht sie sich plötzlich um und funkelt mich zornig an. „Das mit der Dusche war kein Witz." Sie hält ein Kochwerkzeug in der Hand und wedelt damit herum.

Sie findet meinen Geruch unangenehm? Ha. Die Dracifrauen finden den Duft von Blut und Kampf aromatisch und anregend, egal wie lange der Kampf zurückliegt. Ein Draci-Weibchen würde mir das Blut von den Schuppen lecken und sich an meinem Kampferfolg erfreuen.

Aber ich werde mich der empfindsamen kleinen Nase des menschlichen Weibchens beugen und mich waschen. Ehrlich gesagt, die menschlichen Ausdünstungen, die ich ausströme, stören auch mich und ich *möchte* sie mir abwaschen.

Als ich jedoch in das Badezimmer gehe, kann ich mir

nicht erklären, wie dieses Gerät zum Waschen funktionieren soll.

„Weib", brülle ich schließlich, da ich nicht durchblicke, wie die nutzlosen Knöpfe und Hebel funktionieren und es kein Plasma-Interface gibt.

Als sie nicht sofort kommt, brülle ich noch einmal nach ihr.

„Du meine Güte", sagt sie, als sie schließlich mit verschränkten Armen im Türrahmen steht. „Ich habe einen Namen, weißt du. Außerdem ist das Haus nicht so groß, dass du brüllen musst, um meine Aufmerksamkeit zu erregen."

Ich beachte ihr Geschnatter gar nicht und deute auf den Badebereich. „Das Wasser läuft nicht."

Sie sieht mich mit einer hochgezogenen Augenbraue an. „Das bezweifle ich."

Sie unternimmt nichts, sondern bleibt einfach in der Tür stehen.

Am liebsten würde ich sie anbrüllen, aber ich reiße mich zusammen, halte das Feuer in meinem Bauch zurück und spreche mit mühsam beherrschter Stimme. „Nun, dann bring es zum Laufen", befehle ich.

Sie verdreht wieder die Augen und sagt: „Also gut. Ich nehme an, sonst wirst du niemals besser riechen. Du solltest dich allerdings bemühen, freundlich zu fragen."

Endlich kommt sie in das Badezimmer hinein, beugt sich vor und murmelt die ganze Zeit vor sich hin. „Oh, Giselle, danke, dass du gekommen bist. Ich weiß deine Hilfe wirklich zu schätzen. Könntest du mir vielleicht zeigen, wie man die Dusche anstellt? *Vielen* Dank. Das hätte ich allein niemals herausgefunden."

Sie dreht an einem der Knöpfe und Wasser läuft aus dem Hahn, dann dreht sie einen anderen Knopf. „Hier, du kannst das heiße Wasser mit diesem Knopf einstellen." Sie zeigt mit ihrer linken Hand auf den Knopf, „und das kalte Wasser mit diesem." Mit der rechten Hand deutet sie auf den rechten Knopf. „Dann, um die Dusche einzustellen..." Sie runzelt die Stirn, greift an einen Teil der Vorrichtung und zieht schließlich einen Hebel am Hahn hinunter.

Ich springe zurück, als das Wasser aus dem Hahn schießt und plötzlich als Spray aus der Decke kommt. Ich hatte gar nicht gesehen, dass da oben ein Brausekopf war. Giselle weicht gerade rechtzeitig zurück, um nicht von dem Strahl durchnässt zu werden. „Bitte schön. Wenn du fertig bist, dann drehst du die Knöpfe einfach wieder alle nach rechts. Also los."

Sie tritt zurück, als wolle sie den Raum verlassen, aber ich halte sie am Handgelenk fest. So wie sie mich ansieht, scheint ihr das ganz und gar nicht zu gefallen.

„Lass mich sofort los." Sie zerrt an ihrem Handgelenk und ich gebe es frei.

„Wohin willst du gehen?"

„Was glaubst du denn? Nach nebenan."

„Du musst mir beim Duschen helfen."

Ihr Mund bleibt offenstehen. „Du spinnst wohl." Sie dreht sich um und will gehen. Als ich nach ihr greifen will, wirft sie mir einen so wütenden Blick zu, dass ich meine Hand sofort zurückziehe.

„Du willst, dass ich mich wasche, aber dann gehst du weg. Entscheide dich. Willst du mich sauber oder nicht?"

„Ich werde dich nicht waschen. Du bist nicht mehr im Palast, Freundchen."

Ich verschränke die Arme vor der Brust, wie ich es so oft bei ihr gesehen habe. „Meine Flügel sind sehr groß und ich kann sie nicht überall erreichen. Wenn du mich sauber haben willst, dann benötige ich Hilfe."

Sie bleibt stehen und sieht meinen Rücken an. Meine Flügel sind gefaltet und ich zucke zusammen, als ich versuche sie auszubreiten. Ich stolpere und kann mich nur mit äußerster Anstrengung auf den Beinen halten. Ich beiße die Zähne zusammen gegen den Schmerz.

Sofort beugt Giselle sich vor und streckt die Hand nach meinem Flügel aus. Ich ziehe ihn zurück, bevor sie ihn berühren kann, obwohl mir klar ist, dass sie meine Flügel anfassen muss, wenn sie mich waschen soll.

„Warum hast du mir nicht gesagt, dass du Schmerzen hast?", fragt sie mit vorwurfsvoller Stimme.

Gerade noch konnte sie es kaum ertragen, im gleichen Raum zu sein wie ich und nun macht sie mir Vorwürfe? Als wäre ich ein Kind, das nicht zugibt, dass es Schmerzen hat?

„Draci-Krieger beklagen sich niemals über Schmerzen", antworte ich voller Verachtung.

„Fallen Draci-Krieger auch ständig hin und werden ohnmächtig?", gibt sie zurück, zieht den Plastikvorhang zur Seite und befiehlt mir, mich auf den Rand der Wanne zu setzen, mit meinen Flügeln dem Wasserstrahl zugewandt. Dann zieht sie das seidige Kleidungsstück aus, das sie anhat, seit sie hier ist, und legt so ihren Körper frei, bis auf winzige Unterkleider, die gerade ihr Geschlecht und ihre Titten bedecken. Dann steigt sie hinter mir in die Wanne, wo ich sie nicht länger sehen kann.

Ich versuche, den Kopf zu drehen, aber das zerrt an der kaum verheilten Wunde an meinem Hals, wo das Tier mich gebissen hat, also gebe ich auf.

„Sieh einfach nach vorn. Meine Güte, sind Männer überall gleich, egal aus welchem Universum sie kommen?"

Ich strecke meine Zunge aus und hoffe, ihre Witterung zu spüren, um mich von den Schmerzen abzulenken, als sie beginnt meinen linken Flügel zu entfalten.

Aber statt des Duftes von Giselle, der mir inzwischen so vertraut ist, wittere ich einen durchdringenden Minzgeruch.

„Was *ist* das für ein fürchterlicher Gestank?", fauche ich.

„Das ist das Duschgel, das hier auf dem Regal stand", antwortet sie.

„Nimm etwas anderes. Gibt es auch etwas anderes?", will ich wissen.

„Hmm, mal sehen. Okay, hier ist eine Flasche Shampoo. Sie ist noch voll und reicht aus, um dich zu waschen, wenn dir der Duft besser gefällt."

„Öffne es und lass mich riechen."

Sie öffnet die Flasche und sofort erfüllt ihr Duft den Raum. Nun, da ist Giselle, aber dann verbindet sich ihr Duft mit einem anderen – einem stärkeren Duft. So hat sie gerochen, als ich heute Morgen aufwachte und sie in meinem Armen vorfand – der Frieden einer ruhigen Nacht nach endlosen Albträumen, da ihr weiches Fleisch sich an mich schmiegte und ihr Duft tief in mein Inneres drang.

„Nimm das." Meine Stimme hört sich rau an.

Ich lehne mich in ihre Berührung, als der Duft von Wildblumen die dampfende Luft um uns herum erfüllt. Und dann berührt sie mich. Die Flügel eines Draci sind anders als sein Körper. Sie haben auch Schuppen, aber nur an den Rändern, und wenn sie sich öffnen, sind sie aus reinem Leder und sehr empfindsam, wenn man sie anfasst...

Ich erschaudere bei ihrer Berührung, denn sie berührt *genau* die Stelle, wo Draci am sensibelsten sind – wo die Flügel an den gezackten Kamm anschließen.

Das Feuer in mir erwacht.

„Entschuldige", murmelt sie. „Aber an der Stelle ist getrockneter Schlamm."

Sie wäscht diese Stelle gründlich, massiert tiefer und tiefer in den Kamm hinein, bis ich erbebe und mich etwas zurückziehe. „Weib, willst du mich säubern oder dafür sorgen, dass ich mich bespritze? Wasch eine andere Stelle, wenn du das Erste willst. Mach gern weiter so, wenn du Letzteres wünschst."

„Was?", piepst sie. „Oh."

Ich weiß nicht, ob sie sehen kann, dass meine männlichen Geschlechtsteile zum Vorschein gekommen sind, aber ich muss mich enorm beherrschen, um nicht hinabzugreifen und sie zu massieren.

Doch als ihre Hände an meinem Körper weiterwandern, ist dieses Problem gelöst, denn ich muss die Zähne zusammenbeißen vor Schmerz, als sie auf eines der Gelenke trifft, von dem ich annehme, dass es gebrochen ist.

Offensichtlich spürt sie, wie sich mein Körper anspannt. „Bereite ich dir noch mehr ... äh ... Schwierigkeiten?"

„Nein", zische ich durch die Zähne. „Das ist nur die gebrochene Stelle."

Sofort zieht sie die Hände zurück. „Oh mein Gott! Ich hatte befürchtet, dass du dir was gebrochen hast, aber dann, als du aufgestanden und herumgelaufen bist..."

„Nach der Dusche werde ich mich um die Flügel kümmern."

„Wie meinst du das? Wie denn?"

„Ich habe ein Gerät, das beim Heilen von Knochenbrüchen hilft."

„Willst du damit sagen, du hattest die ganze Zeit etwas, das geholfen hätte? Warum hast du mir nichts gesagt?"

„Es befindet sich an einem Ort, der nur auf dem Luftweg erreichbar ist. Ich war doch kaum bei Bewusstsein." *Außerdem hätte ich dir nichts gesagt, auch wenn beide*

Aussagen stimmen würden, was nicht der Fall ist, wenigstens nicht so ganz.

Selbst wenn ich ihr verraten hätte, wie man an der biometrischen Zugangskontrolle des Raumtransporters vorbeikommt, hätte ich ihr nicht so weit vertraut, das medizinische Gerät zurückzubringen. Schließlich bin ich nicht blöd. Sie hätte die Kommunikationseinrichtungen benutzt, um ihre Freunde zu kontaktieren. Das würde doch jeder tun, wenn sich die Gelegenheit bietet.

„Na gut, du musst ja die Schmerzen aushalten", brummt sie vor sich hin und bearbeitet weiter meine riesigen Flügel.

Es ist eine grausame Mischung aus Schmerzen und süßen Liebkosungen, als sie in die Falten meiner Flügel greift, um sie zu säubern. Schließlich erreicht sie meine Schultern und massiert dann meinen Rücken hinab. Nur mit äußerster Konzentration kann ich meine Geschlechtsorgane davon abhalten, sich wieder hinabzusenken als ihre Hände meinen unteren Rücken streicheln und dann plötzlich anhalten, um wieder nach oben zu wandern.

Giselle ist eine unterhaltsame Kreatur, die von meiner Nacktheit peinlich berührt ist. Die Vorstellung, Nacktheit zu bedecken ist mir völlig fremd, und dennoch fange ich an, den Reiz daran zu verstehen.

Giselle hält ihren Körper die ganze Zeit bedeckt, also denke ich ständig daran, wie sie nackt wohl aussehen mag, wenn ihre üppigen Brüste und ihre ungeschützte Mitte meinen Blicken freigegeben sind. Ich möchte mich einfach nur an ihr sattsehen.

Wie als Antwort auf meine Frage steigt Giselle, völlig durchnässt und triefend, hinter mir aus der dampfenden Wanne. Ihre Unterwäsche ist durch die Nässe fast durchsichtig geworden.

Ich starre ohne jede Hemmung auf ihre schöne Gestalt. Ihre aufrechten Nippel umrahmt von dunkleren Höfen schimmern durch ihren blassrosa BH hindurch. Ich senke meinen Blick hinab auf ihr Spitzenhöschen und gewahre dort einen dunkleren Schatten, der wie Sirenengesang meine Sinne reizt, sodass ich es ihr am liebsten mit Zähnen und Klauen herunterreißen würde. Ich schmecke die Luft mit meiner Zunge und könnte schwören, dass ich mehr wittere als nur das stark duftende Shampoo. Ich wittere *sie*, weil sie darauf reagiert, wie ich sie ansehe. Ich bin nicht der Einzige, der davon angeheizt wird, dass ich ihren halb nackten Körper bewundere.

Doch dann dreht sie sich abrupt um, bückt sich und hebt das seidige Kleidungsstück auf, das sie vorhin nachlässig auf den Boden geworfen hat, und verlässt damit das Badezimmer.

Am liebsten würde ich ihr nachgehen, aber nein, ich bin kein junger Welpe mehr, der hingerissen einem Weibchen hinterherstellt. Ich atme langsam und tief aus. Sie hat keinerlei Wirkung auf mich. Sie ist unscheinbar, verglichen mit der unvergleichlichen Schönheit unserer früheren Draciköniginnen. Sie ist einfach nur ein hässliches Menschenweib. Es ist peinlich, dass ich so auf sie reagiere.

Schließlich drehe ich mich zur Dusche und bereite mich auf das heiße Wasser auf meinen Wunden vor. Ich gieße mir das seifige Shampoo in die Handfläche und wasche damit den Rest meines Körpers.

Als ich jedoch meine Schamgegend erreiche, muss ich wieder an sie denken. Mein Weibchen. Wie das Wasser auf ihrer Brust geglitzert hat, und ihre Brüste, die nicht ganz vom BH bedeckt waren, sich hoben und senkten. Wie warm ihre Hände waren, als sie die Kämme meiner Flügel liebkosten. Der leichte Druck, als sie ...

Meine Schwänze senken sich und dieses Mal versuche ich nicht, mich zu beherrschen.

Ich nehme in jede Hand einen und bringe sie schnell zu voller Härte, wobei ich mir vorstelle, dass ich *wirklich* ihr lächerliches, kleines Höschen abgerissen und sie auf den Boden gelegt hätte.

Sie hätte ihre Beine weit gespreizt, wie es alle Draci-Weibchen für einen Mann meiner Stellung tun würden, und wäre ich in sie eingedrungen, hätte sie vor Wonne geschnurrt.

Doch als ich mir das vorstelle, weiß ich genau, dass es mit ihr anders wäre als mit anderen Weibchen. Keine andere hätte meine Flügel auf diese Weise liebkost. Sie hat mich gewaschen, mich, ihren *Feind*. Und trotzdem tat sie es mit ernsthafter Güte. Und sie ist in mein Bett gekommen und hat mir erlaubt, sie zu umarmen, um meine Albträume zu verjagen.

Ich erinnere mich an ihre Wärme in meinen Armen, an die fremdartige Weichheit, wo ich harte Haut und Schuppen erwartete, und Güte, wo ich sonst nur Grausamkeit und Manipulation kannte.

Ich denke daran, wie sich ihr seltsames, seidiges Fell zwischen meinen Fingern anfühlte, während sie in meinen Armen schlief und ihre Brust sich gleichmäßig hob und senkte.

Mein Samen schießt hinaus und gegen die Wand, erst aus einem Schwanz und dann aus dem anderen, überwältigt vom Duft und der Erinnerung an meine Gefangene.

KAPITEL 14

GISELLE

NACH DER DUSCHE IST ERSTER IRGENDWIE
ANDERS. Klar, er riecht viel besser. Aber eigentlich hat er
auch vor der Dusche nicht wirklich *furchtbar* gerochen. Es
war nicht unangenehm, letzte Nacht in seinem Bett zu
schlafen. Wir sind beide verschwitzt aufgewacht, ja. Er war
einfach nur so überwältigend *männlich*. Ich bin nun mal
nicht daran gewöhnt, mich auf engstem Raum mit
jemandem aufzuhalten, der so groß ist, und so…

Er kommt riesig, und nackt wie immer, aus dem Bad.
Ich wende meinen Blick sofort von seiner Schamgegend ab,
wie ich es immer tue, aber glücklicherweise sind *sie*
versteckt.

Er sieht mich kritisch an. „Womit hast du dich jetzt
bedeckt?"

Ich sehe an mir hinab. „Ich habe die Kommodenschub-
lade durchsucht und die Sachen hier entdeckt." Ich habe
eine zu große Männerjeans gefunden, die ich mit einem
Gürtel befestigt habe, nachdem ich ein zusätzliches Loch

hineingebohrt habe, damit sie meiner Taille passten. Ein riesiges T-Shirt, das mir bis zu den Schenkeln reicht, vervollständigt mein neues Outfit.

„Das gefällt mir nicht."

Ich verdrehe die Augen. „Dann ist es ja gut, dass es nicht mein Lebensziel ist, dich glücklich zu machen."

Daraufhin sieht er mich noch finsterer an. „Ich werde jetzt das medizinische Gerät holen, und dann reden wir weiter darüber."

Ich sehe ihn spöttisch an. „Machst du Witze? Niemals werde ich freiwillig deine Sklavin werden, Freundchen."

Er kommt drohend auf mich zu. „Ich will keine Sklavin. Ich will eine Gefährtin. Du könntest die erste Dame unter allen Weibchen deiner Spezies sein. Möchtest du das denn nicht?"

„Anders als *manche anderen* bin ich nicht davon besessen, die *Erste* zu sein. Außerdem ist meine beste Freundin bereits die Erste unter den Weibchen, was auch immer das bedeuten mag, und das würde ich ihr niemals wegnehmen wollen. Du scheinst zu vergessen, dass ich, wenn ich mich dir anschließe, meine Freunde verraten müsste, und das würde ich *niemals* tun. Sie sind meine Familie. Ich verrate meine Familie nicht."

Erst als ich die Worte ausgesprochen habe, wird mir klar, was ich da gesagt habe, und ich sehe in seinen Augen, dass es falsch war.

Sein Gesicht verdunkelt sich; er stürmt wortlos an mir vorbei durch das Wohnzimmer und rennt zur Tür hinaus.

Oh Mist. Genau. Jetzt fällt es mir wieder ein. Shak hat mir erzählt, dass Erster ihn töten sollte, aber dann hat Erster die Wahrheit über seine Mutter gesagt, dass sie ihren Vater getötet hat... daraufhin wurde sie gefangen genommen und später dafür hingerichtet.

„Warte, Erster, es tut mir leid, so habe ich es nicht gemeint…", rufe ich und folge ihm durch die Tür.

Ich komme gerade noch rechtzeitig, um zu sehen, wie er versucht seine Flügel auszubreiten und vor Schmerz stolpert, als der linke Flügel sich nicht vollständig öffnen lässt. Die Brüche, die ich beim Duschen gefühlt habe, sind nun deutlich zu erkennen, als er versucht, den Flügel zu strecken.

„Hör auf! Erster, lass das, oder deine Verletzung wird noch schlimmer!"

Hört er auf? Nein, natürlich hört der sture Dummkopf nicht auf. Er versucht weiterhin, mit seinem offensichtlich gebrochenen Flügel zu schlagen. Aber während der rechte Flügel normal rauscht, knittert der linke und lässt sich nicht ausbreiten. Jedes Mal, wenn er versucht damit zu schlagen, erbebt sein ganzer Körper vor Schmerz.

„Hör auf damit!", rufe ich noch einmal, aber natürlich wieder vergeblich.

Mit den nächsten Flügelschlägen gelingt es Erster ein kleines Stück vom Boden abzuheben, aber dann landet er hart auf seinen Knien und wölbt den Rücken vor Schmerz.

Ich will zu ihm gehen, aber er hebt abwehrend die Hand. „Komm mir nicht zu nahe."

Ich bleibe stehen und weiß nicht, was ich nun machen soll.

„Lass mich in Ruhe", knurrt er. „Geh zurück ins Haus."

Ich verschränke die Arme vor der Brust. „Lass mich dir helfen."

„Ich sagte *geh*!", brüllt er so laut, dass eine Flamme aus seinem Mund lodert und ein kleines Stück Boden schwarz verbrennt.

„Gut!", schreie ich schließlich zurück und stürme zurück ins Haus.

Er macht mich *wahnsinnig*. Er ist ein riesiges, nervtötendes, zwei Meter großes *Baby;* genau das ist er.

Als er wieder hineinkommt, frage ich ihn, wie wir etwas zu essen bekommen, wenn er nicht fliegen kann. Er würdigt mich keines Wortes und so verbringen wir den Rest des Tages schweigend. Super.

Am nächsten Tag, nachdem ich die Nacht auf dem Sofa verbracht habe und er ganz *allein* in seinem Bett, versucht er wieder mich zu überzeugen, seine Gefährtin zu werden.

„Denk doch nur an die Freunde, deine Familie. Willst du nicht so sein wie sie? Wenn ich dich schwängere, dann wirst du so umgestaltet werden wie sie. Du wirst Flügel bekommen. Du wirst einen Welpen haben wie sie. Würde euch das nicht wieder näher zusammenbringen? Du wirst zu ihrer Art gehören.“

Wir sind gerade damit fertig, das zu verspeisen, was ich großzügig als „Brunch“ bezeichne, nämlich eine Schachtel alter Spaghetti, die ich in einem der Küchenschränke gefunden habe. Ich habe keine Ahnung, wer in diesem Haus gelebt hat, bevor Erster es sich angeeignet hat. In meinem Inneren hoffe ich, dass er einfach ein Haus am Arsch der Welt gefunden hat, das „leer“ aussah und eines Tages die Besitzer wieder auftauchen und ich gerettet werde ... natürlich nur, wenn Erster sie nicht auf offenem Feuer grillt, bevor ich die Gelegenheit habe, einem von ihnen ein Handy zu klauen und ihnen zuzuschreien, dass sie in Deckung gehen sollen.

Ich kann mir nicht vorstellen, wie er es fertiggebracht haben soll, das Haus legal zu *erwerben,* aber anscheinend haben schon einige Draci Kontakt aufgenommen und machen Deals mit den oberen Rängen unserer Regierung. Warum sollte sich also nicht auch jemand in Ersters Widerstandsgruppe befinden, der sich mit Immobilienhandel auskennt? Er ist ja wohl nicht der Einzige, bei dem sie das Verfahren einer Einpflanzung in einen menschlichen Körper versucht haben.

Ich sehe Erster mit zusammengekniffenen Augen an. „Aber du sagtest doch, dass du die Sicherheit meiner Freunde nicht garantieren kannst, nur die ihrer Kinder. Willst du jetzt etwas anderes behaupten? Würdest du meine Freunde schützen, wenn ich mich mit dir vereinige?"

Erster wirkt erstaunt. Offensichtlich hat er nicht erwartet, dass ich mit ihm verhandele. Ehrlich gesagt hätte ich das selbst nicht erwartet ... aber, was wäre wenn...

Er beugt sich vor. „Und wenn ich das täte? Wenn ich ihre Sicherheit garantiere? Wenn ich garantiere, dass ihr alle zusammen in Frieden leben und eure Jungen in Sicherheit aufziehen könnt?"

„Würdest du auch Shaks und Ezos Sicherheit garantieren? Denn wenn..."

„Du verlangst zu viel", schnaubt Erster. Er schiebt den Stuhl vom Tisch zurück, steht auf und sieht wütend auf mich hinab. „Jedes Weib sollte vor Dankbarkeit über die Ehre, die ich ihr zukommen lasse, in Tränen ausbrechen, aber du! Du stellst Bedingungen und willst, dass ich mich vor dir erniedrige, bis ich nur noch ein *Nichts* bin."

„Ich?!" Jetzt stehe ich auch auf; ich bin stinkwütend. „Ich erniedrige *dich*? Hey Kumpel, ich hatte ein schönes Leben und eine wirklich bedeutsame Arbeit." Dass ich kurz vor deinem Auftauchen gefeuert wurde, tut wirklich nichts zur Sache. „Ich hatte ein Leben. Ich hatte eine *Aufgabe* ... und du ... du denkst, du kannst einfach kommen und..." Ich wedele mit der Hand vor seinem Gesicht herum. „Du denkst, du kannst einfach kommen und alles bestimmen, als hättest du irgendwelche *Rechte* auf mich!"

„Ich habe Rechte", brüllt er.

Ich sehe ihn verächtlich an und verschränke die Arme vor der Brust, meine gewohnte Haltung, wenn ich Erster gegenüberstehe. „Wie kommst du denn darauf?"

„Weil du mir gehörst. Ich biete dir an, was jedes vernünftige Weib sich wünschen sollte, egal welcher Gattung. Ich biete dir eine hohe Stellung, Privilegien und einen Platz an meiner Seite. Ich habe mich sogar so weit herabgelassen, dir zu versprechen, dass ich für deine Familie sorgen würde. Aber reicht dir das? Natürlich nicht. Du musst mir auch noch meine Männlichkeit rauben!"

„Jedes Wort, das aus deinem Mund kommt, ist eine Beleidigung. Hörst du denn gar nicht, was du da sagst? Kannst du nicht einmal uns beiden gegenüber ehrlich sein? Ich bin keines von jenen Dingen. Denn wenn du mich *Dein* nennst, ist es genau das, eine Beleidigung."

Ich winke ärgerlich ab. „Du betrachtest mich als einen Besitz. Ich bin für dich nicht mehr als eine Schachfigur, die dir zum Sieg verhelfen soll. In Wirklichkeit bedeute ich dir gar nichts. Ich habe mein ganzes Leben als ein Nichts verbracht, erst für meinen Vater, für den ich nur ein Prestigegegenstand war, der gelegentlich vorgezeigt wurde, wenn es gerade nützlich war, und dann gedankenlos wieder fallen gelassen wurde. Mit Versprechungen umschmeichelt, wenn es gerade passt … du wirst meine Freundinnen retten, aber ihre Ehemänner töten, sodass dieses Gift immer zwischen uns stehen wird. Nein danke. Das ist grausam. Damit will ich nichts zu tun haben."

„Also was verlangst du von mir?", fragt er und wirft die Arme genervt hoch. Dabei heben sich seine Flügel etwas und er zuckt vor Schmerz zusammen. Er beißt die Zähne zusammen. „Shakshaacac will meinen Tod. Ich bin geflohen, als meine Mutter tot war, weil mir Hilfe angeboten wurde und ich schließlich kein Dummkopf bin. Zu bleiben hätte meinen Tod bedeutet. Vielleicht gefällt dir diese Vorstellung. Wenn ich gestorben wäre, dann wärst du jetzt nicht hier mit einem Monster gefangen."

„Du verdrehst meine Worte", entgegne ich, verwirrt und wütend.

„Wie?", fragt er mit bitterer Stimme. „Was soll ich deiner Meinung nach tun? Was hättest du an meiner Stelle getan?"

„Nun, ich hätte...", fange ich an, aber schweige dann hilflos. Doch dann spreche ich voller Selbstvertrauen weiter, „ich hätte meinem Bruder vertraut."

Erster schnaubt. „Einem Bruder, der mich sein ganzes Leben lang dafür gehasst hat, was meine Mutter seiner Mutter angetan hat? Meine Mutter hat ihm sein Geburtsrecht weggenommen und mir übertragen, und dann dafür gesorgt, dass seine Mutter bis zu ihrem Tod in der Versenkung verschwand. Sogar mein *Name* ist ein rotes Tuch für ihn. Wir wurden dazu erzogen, einander zu hassen. Er ließ mich einsperren, obwohl ich meine eigene *Mutter* verraten habe, um sein Leben zu retten."

„Er sagte, du wärst ins Exil verbannt worden und dass er keinerlei Einfluss über die Geschehnisse hatte, weil das der Brauch der Draci war."

„Die besten Ausreden sind die, die einen Hauch Wahrheit enthalten. Er hätte mich schützen und in der Nähe behalten können. Das hat er nicht getan."

„Hättest du es getan?", hake ich nach. „Wenn du an seiner Stelle wärst, ein frisch gekrönter König in einer unruhigen Welt. Würdest du denjenigen mitnehmen, der dir Verderben gebracht hat, und der eigentliche Thronfolger ist?"

„Natürlich hätte ich das getan", antwortet er. „Es ist immer besser, seine Feinde in der Nähe zu haben. Sieh nur, was geschehen ist, weil er mich zurückgelassen hat. Die Rebellen haben mich natürlich zu ihrer Galionsfigur gemacht. Es war strategisch unklug von ihm. Außerdem steht er in meiner Schuld, weil ich sein Leben gerettet habe."

Ich werfe die Hände hoch. „Kannst du nicht einmal, nur eine *Sekunde* lang, in Betracht ziehen, dass nicht jeder im Universum in einer bestimmten Situation so handelt, wie du es tun würdest. Das bedeutet doch nicht, dass du sie nun alle umbringen musst!"

Erster sieht mich mit zusammengekniffenen Augen an. Ich kann nicht erkennen, ob der Blick voller Verwirrung oder Mitleid ist.

„Was ich sage, macht Sinn. So können wir in dieser Welt zusammenleben, ohne ständig Krieg zu führen. Oder ist es das, was du willst? Gefällt es dir, so zu leben?" Ich deute auf das erbärmliche, leere Haus und die Wüste, die sich endlos um uns herum erstreckt. „Von allen isoliert, ständig damit beschäftigt, die Machtübernahme zu planen?"

Erster schüttelt mit einem halb amüsierten Lächeln den Kopf. „Es wird uns wirklich leichtfallen, eure Spezies zu erobern, wenn alle so weichherzig sind wie du."

Wütend starre ich ihn an. „Nun, das sind sie nicht. Tatsächlich benimmst du dich genau so wie jemand, den ich sehr gut kannte, und stell dir vor? Er war ein Mensch."

Sofort erlischt das Lächeln auf Ersters Gesicht. „Wer? Sag mir den Namen des Mannes. Warum kanntest du ihn so gut?"

„Wie eklig, *so* habe ich ihn nicht gekannt. Er war mein Vater. Und er hatte keine Zeit für mich, weil ich ihm nicht *nützlich* war. Auch er betrachtete Menschen wie Schachfiguren. Ihr beide hättet euch wunderbar verstanden, abgesehen davon, dass er sofort seine Knarre gezogen und dich abgeknallt hätte, sobald du in seine Sehweite geraten wärest. Er liebt die Jagd und er hasst Einwanderer. Und Kinder! Für Kinder hatte er auch nicht viel übrig. Deshalb hat er sich aus dem Staub gemacht, als ich acht Jahre alt war, ohne auch nur einmal zurückzublicken."

Erster verzieht das Gesicht. „Er hat seinen Nachwuchs verlassen? Wie kann ein Vater nur dazu in der Lage sein?"

„Was? Habt ihr etwa keine arschigen Väter, dort wo du herkommst?"

„Nachwuchs wird höher geschätzt als alles andere. Vater zu sein ist die höchste Ehre überhaupt. Ich werde unsere Kinder über alles lieben, meine Gefährtin. Ich werde mein Leben geben, um sie zu beschützen, wenn die Umstände es erfordern."

Das gibt mir zu denken. Wir haben über etwas Bedeutsames gesprochen und ich wollte meinen Standpunkt klarmachen. Und plötzlich macht Erster diese dramatischen Aussagen, dass er für die Kinder, die wir haben könnten, sterben würde.

Nicht, dass wir gemeinsame Kinder zeugen werden!

Ich meine, das würde ich niemals in Betracht ziehen ... nur weil Erster gar nicht so blutdurstig ist wie ich angenommen hatte, bedeutet das nicht, dass ich auch nur im Traum daran denke – er hat mich *entführt,* verdammt noch mal!

Aber ob es mir in den Kram passt oder nicht, ich wurde in ein intergalaktisches Drama hineingezogen. Die Draci im Lager des Ersten wollen den *Planeten* erobern. Und ich wollte niemals etwas anderes, als mich in dieser Welt nützlich zu machen. Doch jetzt stecke ich hier an diesem Scheideweg; drei außerirdische Schiffe kreisen über unserem

Planeten, meine Freunde und mein *Planet* auf der einen Seite und ein Lager zorniger Draci auf der anderen.

So betrachtet scheint die Entscheidung klar zu sein.

Erster ist der Feind.

Aber ich habe in meinem Leben genug mit sozialer Ungerechtigkeit und schwierigen Fällen zu tun gehabt, um zu wissen, dass die Wirklichkeit nicht immer schwarz und weiß ist. Schließlich habe ich Erster zugehört, als er seine Sichtweise erklärte, welche Umstände ihn hierher gebracht haben.

„Gib mir dein Blut", verlangt er wie aus heiterem Himmel.

„Wie bitte?" Ich sehe ihn verblüfft an. „Nein."

Er kommt einen Schritt auf mich zu und bleibt dann stehen und sieht mich frustriert an. Aber er hält sich zurück, anstatt mir zu nahe zu kommen, was mir angenehm auffällt.

„Ich habe keine Ahnung, was du denkst oder fühlst", sagt er und die Frustration steht ihm im Gesicht geschrieben. „Gib mir dein Blut."

„Aber vielleicht will ich gar nicht, dass du weißt, was ich denke oder fühle. Dafür gibt es Sprache. Frage mich doch einfach, was ich denke. Wenn ich es dir verraten will, dann sage ich es."

Aber er schüttelt den Kopf. „Worte können unehrlich sein. Frauen manipulieren mit Worten."

Ich sehe ihn spöttisch an. „Und Männer tun so etwas nicht?"

„Doch, aber Frauen sind schlimmer."

„Wow. Einfach nur Wow. Du hast vielleicht Nerven. Wir nennen so etwas Frauenfeindlichkeit, Freundchen."

„Wenn du nichts zu verbergen hast, dann gib mir dein Blut."

Ich gebe einige ungläubige Laute von mir und breite die Arme aus, was er anscheinend als Einverständnis auffasst, denn bevor ich etwas sagen kann, kommt er zu mir, nimmt meine Hand und führt sie zum Mund.

„Hey!", protestiere ich. „Warte..." Aber bevor das Wort meine Lippen verlässt, hat er bereits die Spitze meines Zeigefingers durchstochen und fängt an, daran zu saugen.

Es tut nicht wirklich weh. Es ist genauso wie beim Arzt, wenn er in den Finger sticht, um eine Blutprobe zu entnehmen.

Aber wie Erster heftig an meinem Finger saugt – das fühle ich, und wie. Ich kneife die Augen zusammen und will meinen Finger wegziehen.

Aber dann denke ich, scheiß drauf. Soll er es doch sehen. Ich bin *keine* dieser manipulativen Frauen seines Planeten. Lass ihn sehen, dass ich daran dachte wegzulaufen, und ihn sterbend zurückzulassen. Dass ich losgelaufen bin, mich aber anders entschieden habe. Soll er doch ruhig sehen, wie weich mein dummes, weibliches Herz ist.

Er soll auch meine Liebe zu Juliet und Ana sehen, und wie ich mich für sie freue, dass sie endlich die wahre Liebe gefunden haben. Und ihre Kinder. Ich konzentriere meine Erinnerungen auf Juliets wunderschönes, goldenes Baby, mit seinen winzigen Flügeln und goldenen Schuppen. Und wie sehr Ana Ezo liebt und sich über seinen Eifer freut, alles zu erkunden, was dieser Planet zu bieten hat.

Soll er doch meine Liebe spüren. Ich schließe die Augen und konzentriere mich auf die ganze Liebe in meinem Herzen für die, die mir nahestehen.

Erster saugt noch stärker, und als er schließlich loslässt, stößt er einen leisen Schrei aus.

Als ich meine Augen öffne, stelle ich überrascht fest, dass seine Augen feucht sind. Seine Hand zittert, als er sie an mein Gesicht führt. Auf seinen außerirdischen Zügen zeichnet sich klare Verwirrung ab, als er mit dem Finger über meine Wange fährt, ganz zart, trotz seiner furchterregenden Klauen.

Ich betrachte die menschliche Hälfte seines Gesichts und seine hellen, schillernden lila Augen sehen mich forschend an.

„Du empfindest so viel", flüstert er. „Wenn ich dich schmecke, dann fühle ich auch."

Ich blinzele, überrascht, wie weich sich seine Stimme auf einmal anhört.

Er hebt die andere Hand und hält mein Gesicht in beiden Händen, aber ich fühle mich eher geschätzt als bedroht. „Du hast so viel Liebe in dir."

Dann lächelt er, voller Freude und Frieden, doch seine Miene verdüstert sich langsam wieder. „Aber ich empfinde auch deinen Schmerz. Du bist niemals so geliebt worden, wie du es verdienst, meine Schöne."

„W-was willst du damit ... i-ich weiß nicht, was du meinst."

Er zieht mich an sich und drückt seine Stirn an meine. „Jetzt verstehe ich. Ich habe alles ganz falsch angefangen. Ruhm und Prestige, oder die wichtigste Person deiner Gattung zu sein, bedeuten dir nichts. Du strebst nicht danach, eine hohe Position zu erreichen oder Macht über andere zu erlangen."

Ich ziehe mich etwas von ihm zurück und er lässt es zu. Auf einmal fühle ich mich, als würde mir der Boden unter den Füßen weggezogen. Ich dachte, dass ich steuern würde, was ich ihm zeigen will, aber er hat viel mehr gesehen, als ich preisgeben wollte.

„W-wie meinst du das?", flüstere ich.

„Ich kann dir alles geben, was du dir jemals gewünscht

hast", sagt er, und seine Augen sind voller Verlangen, als er mich ansieht.

Ich schüttele den Kopf und will alles ablehnen.

Doch dann spricht er weiter. „Ich biete dir meine absolute Hingabe an. Du bist nicht nur eine Schachfigur für mich. Ich verspreche dir und unserem Nachwuchs meine vollkommene Ergebenheit und Zuneigung. Du wirst in meinen Augen die Erste und die Letzte sein. Keiner anderen werde ich die Ergebenheit zollen, die ich *dir* geschworen habe."

Ich stolpere einen Schritt zurück. „Das ist nicht was ich, ich ... ich meine, ich..."

„Das ist dein größter Wunsch. Du gibst all deine Liebe an andere und sehnst dich danach, dass jemand dir diese Liebe zurückgibt. Ich kann für dich dein niemals endender Frühling sein, wenn du es willst."

„Das sind nur schöne Worte. Du willst mich noch mehr ausnutzen als alle anderen. Du willst meine Freunde umbringen. Du willst meine *Welt* versklaven..."

„Ich habe niemals von Versklaven gesprochen. Ich habe noch nicht richtig darüber nachgedacht, aber vielleicht gibt es eine Möglichkeit, dass dein Volk und mein Volk in Frieden miteinander leben können."

„Wie bitte?" Was zum Teufel ist hier los? Hat mein Blut ihn betrunken gemacht, oder was? „Wer bist du und was hast du mit Erster gemacht? Miesepeter? Ungefähr zwei Meter groß?" Ich wedele lachend mit der Hand, aber er verzieht keine Miene.

„Ich habe nur einen Weg gefunden, der vorher verborgen war. Du hast mir Klarheit geschenkt."

„Wie bitte? Wie hast du Klarheit gewonnen, nur weil du mein Blut getrunken hast?"

Er kommt wieder näher, zieht mich an sich und

vergräbt seine Hand in meinem Haar. Dann beugt er sich vor und streckt seine Zunge heraus, offensichtlich um mich zu wittern. Sein ganzer Körper reagiert mit einem Schauder auf das, was er gewittert hat.

„Ich habe gesehen, dass du, um erobert zu werden, einzig und allein um deinetwillen begehrt werden willst. Und das liegt vollkommen in meiner Macht." Er öffnet die Augen und sein brennender Blick bohrt sich in meinen. „Ich werde dich niemals verlassen, so wie es die anderen getan haben. Ich werde dich anhimmeln und dich niemals aufgeben."

Ich schüttele leicht den Kopf. Ich möchte abstreiten, was er gesagt hat. Ich will abstreiten, dass es genau das ist, was ich mir tief in meinem Inneren immer gewünscht habe. Dass er gerade genau meine innersten Wünsche ausgesprochen hat. Bin ich wirklich so erbärmlich – das Mädchen, das scheinbar immer alles hatte – und sich dennoch nur wünscht, um *ihrer selbst willen* geliebt zu werden?

Vielleicht ist das, was jeder will. Vielleicht ist es gar nicht so erbärmlich. Vielleicht ist es mutig es zuzugeben, auch wenn es mich mit Angst erfüllt.

„Woher soll ich wissen, dass du mir nicht wehtun wirst?", flüstere ich mit zitternder Stimme. „Woher soll ich wissen, dass du mein Vertrauen verdienst?"

Sein brennender Blick lässt mich nicht los. „Ich habe gesehen, dass du Vertrauen hast. Also hab Vertrauen zu mir. Vereinige dich mit mir und sieh, was geschieht. Sieh, was meine Worte dir nicht sagen können. Sei mutig und dann können wir einander gehören."

Was er vorschlägt, ist völliger Wahnsinn. Es ist das genaue Gegenteil meines beständigen, bis in jede Kleinigkeit durchgeplanten Lebens.

Aber ich möchte mit jeder Faser meines Körpers zu ihm.

Eine kleine Stimme der Vernunft dringt noch gerade durch den berauschenden Nebel zu meinem Verstand durch. „Und wenn ich Nein sage?"

Ich sehe, wie Ersters Gesichtsausdruck mit einem Schlag nüchtern wird, aber der erwartete Wutanfall bleibt aus. „Dann, nehme ich an..."

Sein Blick wandert von mir zum Fenster und das lodernde Feuer darin erlischt. „Ich werde meinen einge-schlagenen Weg weitergehen. Die anderen werden mich mitzerren. Aber...", er sieht mich wieder an. „Ich kann dich herauslassen. Wenn ich wieder fit genug bin, um fliegen zu können, dann werde ich meinen Mitverschwörern sagen, dass ich dich versehentlich getötet habe, oder dass du das Implantationsverfahren nicht überlebt hast."

Bei seiner sachlichen Aussage läuft es mir kalt über den Rücken. Aber immerhin ist er bereit, mich vor seinen eigenen Leuten zu schützen.

Aber nicht bereit von seinem Weg abzugehen.

Glaubt er, dass er keine andere Wahl hat, oder ist er einfach nicht bereit, einen anderen Weg einzuschlagen als den, den er „mitgezerrt" wird?

„Würdest du das tun, weil du mir ... wie nennt man das noch? Dein Leben schuldest? Weil ich dich gepflegt habe, statt dich sterben zu lassen, nachdem du mich vor dem Puma gerettet hast?"

Er runzelt die Stirn. „Nein, diese Schuld ist bereits beglichen. Du hast es gerade selbst gesagt. Ich habe dich vor dem Puma gerettet, du hast danach mich gerettet. Deshalb bist du doch geblieben, oder? Das habe ich in deinem Blut gelesen.

So habe ich es allerdings noch nicht betrachtet, aber ich

nehme an, dass er recht hat. „Ich bin geblieben, weil die Tatsache, dass du mich vor dem Puma gerettet hast, mir zeigte, was für eine Art Mann du bist. Du hast für mich gekämpft und dein Leben riskiert, obwohl du es gar nicht nötig hattest. Wie hätte ich dich danach verlassen und sterben lassen können? Welche Art Mensch hätte das aus mir gemacht?"

Er nickt. „Du weißt also was es bedeutet, jemandem sein Leben zu schulden. Es ist eine Frage der Ehre."

Ah, na ja, ich glaube schon. „Wenn du mich aber nicht vor deinen Mitverschwörern schützt, weil du in meiner Schuld stehst ... warum dann?"

Er sieht mich mit seinen lilafarbenen Augen an, ohne zu blinzeln. „Weil..." Er zieht die Schultern hoch, als ob es offensichtlich ist. „Weil *du* es bist."

„Gib mir dein Blut", fordere ich.

Seine Augen weiten sich überrascht, aber er zögert keine Sekunde. Sofort zieht er sein Messer, und bevor ich ihm sagen kann, dass er nicht zu tief schneiden soll, zieht er die Klinge über seine Handfläche und hält sie mir hin.

Ich zucke an seiner Statt zusammen, aber er steht unbeweglich da und streckt die Hand in meine Richtung aus.

Mit zitternden Fingern nehme ich seine große Hand und führe sie zu meinem Mund. Ich fühle mich wie eine Barbarin, als ich mit meinen vollen Lippen seine raue Handfläche berühre. Vorsichtig strecke ich die Zunge aus und lecke zögernd an dem Blut, das sich nach dem brutalen Schnitt in seiner Handfläche sammelt.

WILL. WILL MICH PAAREN. *PAAREN*. JETZT PAAREN.

Ich weiche etwas zurück, und werde sofort von Ersters enormem Verlangen für mich erfüllt. Du lieber Gott, okay,

okay, ich habe es kapiert, er begehrt mich, und wie. Aber ich will mehr wissen als das.

Ich wappne mich und tauche wieder ein.

Und sehe mich, so wie er mich sieht. Ein kleines, geiles Sexkätzchen, das an seiner Handfläche leckt. Doch gleichzeitig spüre ich, hinter dem Nebel des Begehrens, seinen überwältigenden Drang mich zu beschützen. Seine Schwänze fahren aus und ich spüre die freudige Erleichterung des Nachgebens, den Rausch der Erwartung, der sich steigert, weil ich ihm so nahe bin.

Gleichzeitig nehme ich seine Entschlossenheit wahr, dass mir niemals etwas geschehen wird. Wie er mich anhimmeln wird. Wie ihn die Gedanken an mich bei Tag und Nacht quälen, welchen Einfluss ich auf seine geplante Mission und auf alles, das er zu wollen glaubt, habe.

Ich weiß jetzt, wie er sich gefühlt hat, als er mich schmeckte. Er fühlt sich, als wäre sein Leben bis jetzt grau in grau gewesen und plötzlich kam ich wie ein Sonnenstrahl auf seinen gefrorenen, vereisten Planeten, auf dem nur noch unendliche Nacht herrscht.

Nachdem er seine Gefühle unterdrückt und versucht hatte, so kalt und berechnend zu sein wie seine Mutter, wird er auf einmal von Gefühlen *überwältigt* und die Flutwelle reißt ihn mit. Aber anstatt sich zu fürchten, springt er ins kalte Wasser. *Meinetwegen*. Für *mich*.

Ich stoße seine Hand beiseite und, mitgerissen von seinen Gefühlen und meinen, schlinge ich meine Arme um seinen Hals, so weit ich reichen kann.

Er beugt sich zu mir hinab und im nächsten Moment treffen unsere Lippen aufeinander.

KAPITEL 15

ERSTER

SIE KÜSST MICH, als gäbe es keinen anderen Ort, an dem sie lieber wäre, und keine anderen Arme, in denen sie lieber liegen würde.

Ich stelle keine Fragen und lasse mir alles gefallen. Wenn ich ein solches Geschenk bekomme, dann nehme ich es an und bin dankbar.

Ich erwidere ihren Kuss und schmecke sie mit meiner Zunge; dabei achte ich darauf, ihre zarten Lippen und ihre Zunge vor meinen Fangzähnen zu schützen.

Sie springt auf und schlingt ihre Beine um meine Taille. Ihre Glieder sind so zart und so weich. Ich reiche unter ihren Schenkel, ergreife ihre Pobacke und drücke sie.

Sie wölbt ihren Körper gegen meinen, während wir uns küssen. Mit der Hand noch immer an ihrem Po spreize ich ihre Beine und lasse meine Hand in die Hitze zwischen ihren Schenkeln gleiten. Ihre Kleidung ist noch zwischen uns, doch sie presst sich an meine Hand und stößt dabei kleine, wimmernde Laute der Lust aus. Sie mag das.

Es ist zu viel. Ich will sie nackt haben. Ich will alles sehen, was mich so angemacht hat, als sie mich gewaschen hat.

Ich stelle sie wieder hin und ergreife den Stoff, der ihre wunderschönen Brüste vor mir verbirgt. Ich reiße ihr das Kleidungsstück vom Körper, reiße es in der Mitte durch und werfe die Stücke auf den Boden. Sie kreischt überrascht auf, fängt dann aber an zu lachen. „Beim nächsten Mal, frag mich doch einfach", lacht sie.

Dann küsst sie mich wieder, während sie gleichzeitig an dem Lederstreifen zerrt, den sie um die Taille trägt. Sie zieht ihn schnell aus den Schlaufen an dem Stoff, der ihre Beine kleidet, schiebt dann den Stoff hinab und zieht ihn aus.

Mir bleibt die Luft weg, als ich sehe, dass sie, im Gegensatz zu vorhin, keine Unterbekleidung darunter trägt.

„Meine Unterwäsche war nach der Dusche nass", erklärt sie, als sie meinen fragenden Blick sieht. Dann nimmt sie mich bei der Hand und zieht mich durch den Flur.

Zuerst bin ich verwirrt und frage mich, was sie tut, aber dann erkenne ich, wohin sie uns führt.

In den Raum mit dem Bett.

Jetzt ist sie mehr als bereit zu vögeln. Was hat sich geändert? Auch ich bin geil aufs Vögeln, aber obwohl ich das überwältigende Verlangen verspüre, erst einen und dann meinen zweiten Schwanz in sie hineinzustecken, so traue ich dieser ... wundersamen Veränderung noch nicht ganz. Ich weiß, dass ich sie um Vertrauen gebeten habe, aber erst muss ich sie noch besser verstehen.

Als wir also am Bett ankommen, hebe ich sie problemlos hoch, lege sie auf die Matratze und beuge mich über sie. An ihrem Bauch halte ich inne und stecke meine Zunge tief in ihre Geschlechtsöffnung.

Ihre zarten, kleinen Menschenhände berühren meinen Kopf, aber sie rückt nicht von mir ab. Stattdessen liebkost sie den Wulst an meinem Hinterkopf.

Ich erbebe als ich meine Zunge tief in ihrer süßen, kleinen Möse versenke. Ihr Duft, in Verbindung mit den Wellen der Lust, die sie ausströmt, hauen mich fast um. Es ist kaum vorstellbar, dass ein solches Begehren überhaupt *möglich* ist.

Meine Schwänze werden steinhart, während ich meine Zunge in ihr bewege. Sie wölbt den Rücken und zittert unter mir und ich empfinde alles mit. Als ich in ihre Gedanken eintauche, spüre ich ihre überraschte Freude, dass ich so groß und männlich zwischen ihren Beinen liege, meine breiten Schultern über ihr, als ich ihre Beine ergreife und sie noch weiter öffne. Das verstärkt meinen Hunger nach ihr umso mehr. Ich *vergrabe* mein Gesicht in ihrem Geschlecht. In ihrem Geschmack. In ihrem Geruch. In ihren weichen, feuchten Falten. In dem erotischen Beben ihrer Schenkel, die meinen Kopf umklammern, als die Lust sie übermannt.

Ich kann mich kaum noch beherrschen, als ich weiter auf dem Bett nach oben rutsche und meinen Mund mit dem Arm abwische. Es kostet mich meine ganze Kraft, um nicht meinen Samen jetzt sofort auf ihren Bauch zu spritzen, denn ich begehre sie so sehr. Ich will *in* ihr sein. Ich brauche diese Vereinigung mit ihr mehr als die Luft zum Atmen.

Wird sie mich in letzter Sekunde abweisen, wie sie es beim letzten Mal getan hat?

Aber nein, sie sieht mit überrascht aufgerissenen, glitzernden Augen zu mir auf und bebt noch immer vor Lust.

Dann greift sie hinab und nimmt meinen Schwanz in die Hand und führt ihn an ihre feuchte Muschi.

Und ich stoße zu.

Ich hatte geglaubt, ihre Augen waren gerade noch weit geöffnet und erstaunt, aber das ist nichts verglichen mit ihrem Blick, als ich jetzt tief in sie eindringe.

Denn jetzt kann sie ebenfalls mein Begehren und Verlangen nach ihr empfinden.

Ich bin so geil auf sie, wie ich es noch nie auf ein anderes weibliches Wesen war und wie ich es niemals für möglich gehalten hätte.

Ich will nur noch vögeln und vögeln und *vögeln*.

Ich will fühlen, wie ihre süße Muschi meinen Schaft zuckend umklammert. In der Sekunde, als ich daran denke, tut sie es, sie empfindet und erfüllt mein Begehren im gleichen Moment.

Auf einmal verspüre ich *ihren* tiefen Wunsch, dass ich mich in ihr *bewegen* soll. Sie will gevögelt werden, und zwar hart. Sie will erfahren, wie es ist, von einem Mann genommen zu werden, der sie mehr begehrt als alles andere auf der Welt, und genau das kann ich ihr geben.

Es macht mich verrückt, wie sie sich um meinen Schwanz herum anfühlt. Es macht mich verrückt, ihre Muschi mit jedem Zentimeter meines Schwanzes zu liebkosen. Es macht mich verrückt, die Laute zu hören, die sie von sich gibt, wenn ich meinen harten Schwanz herausziehe und dann langsam wieder in sie eindringe.

Es macht mich verrückt, wie sie sich an meinen Schultern festklammert und mir ihren Körper entgegenwölbt, gierig nach ihrer eigenen, unbändigen Erfüllung ... und dabei gleichzeitig meine Wollust steigert und stillt.

Wir nehmen und geben beide, und ich schwöre bei all meinen Vorfahren, dass ich nicht wusste...

Ich drücke sie an mich, stoße zu und spritze meinen Samen tief in sie hinein.

Aber es ist noch nicht genug, noch lange nicht. Mein Hodensack ist erst halb geleert. Ich ziehe meinen ersten Schwanz hinaus und dringe sofort mit dem zweiten in sie ein.

Im gleichen Moment beginnt sie zu zucken, als sie noch einmal kommt.

„Mehr", stöhnt sie und umklammert meinen zweiten Schwanz. Ich vögele sie weiter und genieße die nächste Welle der Lust und danke den Göttern dieser Erde, dass sie mir eine solche Frau geschenkt haben.

Besonders als sie mir zu verstehen gibt, dass wir uns umdrehen sollen. Ich bin verwirrt, denn ich denke, sie will, dass wir aufhören.

Aber sobald ich auf dem Rücken liege, setzt sie sich rittlings auf mich und senkt sich auf meinen Schaft hinab, und dann bewegt sie sich auf mir hoch und nieder und ihre Brüste hüpfen dabei auf und ab. Ihre Hüften kreisen auf mir und sie vögelt mich so, dass sie die Reibung bekommt, die für sie am besten ist. Sie krallt sich ungehemmt an meinem Bauch fest. Da ich bei unserer Verbindung komplette Einsicht in ihre Gedanken habe, weiß ich, dass sie wirklich keinerlei Abneigung gegen meinen seltsamen, halb verwandelten Körper hat.

Während sie auf mir reitet, reibe ich ihren kleinen, fleischigen Knopf, bis sie meinen tief in sie eingedrungenen Schwanz umklammert und anfängt zu zucken. Meine Bauchmuskeln spannen sich an.

Meine Gefährtin ist wundervoll und atemberaubend, als sie sich mir hingibt. Niemals habe ich etwas wie sie gespürt. Ihre Lust, die sich immer weiter steigert, überwältigt mich. Ich sehe durch ihre Augen, als sie mich voll unbändigem Verlangen ansieht. Ich sehe und spüre mich selbst durch ihre Augen und ihre Sinne.

Es ist zu viel. Sie ist zu viel. Ihre hüpfenden Brüste, ihr üppiger, weicher Körper. Wie soll ich...

Ich hebe den Oberkörper, ziehe sie an meine Brust und verschlinge ihren Mund.

Unsere Körper verschmelzen zu einem. Ich weiß nicht mehr wo ihrer endet und meiner beginnt.

Als ich komme und meinen Samen in sie schieße, explodieren wir beide in einem Feuerwerk der Lust. Mein Höhepunkt stimuliert ihren und wir kommen so intensiv, dass wir noch Minuten danach beben.

Als ich auf der Matratze zusammenbreche und sie mit mir ziehe, weil ich sie einfach nicht loslassen will, macht sie keinerlei Anstalten, sich mir zu entziehen.

Mit schwachen Händen schnappt sie das Laken und deckt uns damit zu, aber das ist alles. Sie liegt auf mir, ihr Körper bedeckt mich wie eine zweite Haut. Nur für den Fall, dass sie daran denken könnte, mich zu verlassen, schlinge ich meinen Arm um sie, um sie bei mir zu behalten.

Dann, und erst dann, schließe ich die Augen, als mich eine Erschöpfung überfällt, die ich ebenfalls noch nie gekannt habe, und schlafe ein.

KAPITEL 16

GISELLE

OH SCHEISSE. Ich hatte Sex mit Erster.

Was habe ich mir nur dabei gedacht?

Doch dann erinnere ich mich daran, wie ich mich in seinen Armen gefühlt habe – was nicht schwierig ist, denn ich liege *immer noch* in seinen Armen, an seinen großen, warmen Körper gekuschelt.

Aber trotzdem! Ernsthaft, was habe ich mir dabei gedacht? Ich *mag* ihn doch eigentlich gar nicht! Warum in aller Welt habe ich dann mit ihm geschlafen?

Besonders wenn man die möglichen Folgen in Betracht zieht!

Das bin doch nicht ich. Ich bin nicht der Typ Frau, der verrückte Sachen macht und Risiken wie diese eingeht.

Nein, ich mache immer das, was man von mir erwartet, immer auf der sicheren Seite. Ich bin brav aufs College gegangen, wie meine Mutter und mein Stiefvater es wollten. Ich bin immer nur mit gut aussehenden, jungen Unternehmern ausgegangen, Workaholics, die mit einer hübschen Frau gesehen werden wollten, aber sonst nicht viel für mich übrig hatten, und selbst wenn ... na ja, waren sie eigentlich ziemlich langweilig. Und meistens auch sehr herablassend.

Oh mein Gott, sie waren alle genau wie mein leiblicher Vater.

Und Erster? Himmel, er ist genau das Gegenteil von dem, was meine Eltern als „passend" betrachten würden. Natürlich ist da erst mal das Problem, dass er ein *Außerirdischer* ist, aber selbst wenn dem nicht so wäre, ist er immer noch rebellisch, zornig, verletzt und alles andere als zuverlässig.

Er ist in jeder Hinsicht ein böser Junge.

Und ich bin total in ihn verknallt.

Was *zum Teufel* mache ich hier nur?

Wenn ich weiterhin mit ihm schlafe, dann werde ich irgendwann ein kleines außerirdisches Baby unter dem Herzen tragen. Vielleicht ist es sogar schon passiert. Bei dem Gedanken rücke ich vorsichtig von ihm ab und befühle meinen Rücken. Verdammt, wachsen mir etwa schon Flügel, so wie bei Juliet und Ana?

Aber nein, meine Schulterblätter fühlen sich noch immer ... menschlich an. Und als ich meinen Arm betrachte, ist er immer noch mit Haut bedeckt, nicht mit schimmernden Schuppen.

Also bin ich ... erleichtert, oder? Ich bin erleichtert und nicht enttäuscht. *Oder?*

Als ich versuche vom Bett zu steigen, wickelt sich ein warmer, riesiger Arm um meine Taille und zieht mich zurück.

„Wo will meine Gefährtin denn hin?"

Gefährtin. Oh Gott, das geht alles viel zu schnell.

„Zur Toilette", quietsche ich, winde mich aus seinem

Griff und verlasse schnell den Raum. Im Bad drehe ich den Wasserhahn auf, schließe die Augen und wasche mein Gesicht so heiß, wie ich es aushalten kann. So als wollte ich die Erinnerungen an die letzte Nacht in meinem Gehirn verbrennen.

Wie es sich anfühlte, als er diesen absolut enormen Schwanz in mich hineinstieß und mich so ausfüllte, wie ich es noch in meinem Leben erlebt habe. Als er mit seinem Schwanz meinen Muttermund berührte, muss ihm ein Liebestropfen entkommen sein, denn plötzlich konnte ich *sein* Begehren in meinem ganzen Körper fühlen. Noch nie habe ich etwas so Berauschendes empfunden.

Zu *fühlen,* wie sehr jemand dich will, und zwar *nur dich* und nichts anderes in diesem Moment...

„Hierhin bist du also so schnell verschwunden."

Ich zucke zusammen und stoße einen kleinen Schrei aus, als seine tiefe Stimme plötzlich hinter mir ertönt. Große, warme Hände legen sich um meine nackten Hüften. Oh mein Gott, warum habe ich mich nicht in das Bettlaken gewickelt oder mich mit irgendetwas bedeckt. *Egal womit.* Niemals habe ich mich so entblößt gefühlt als in diesem Moment, nackt vor dem Badezimmerspiegel und Erster, riesengroß, hinter mir.

Ich fühle mich winzig klein und hilflos, aber nicht, weil ich Angst habe.

Ich fühle mich hilflos, weil schon wieder die Erinnerungen an die letzte Nacht so mächtig auf mich einströmen, dass ich meine ganze Beherrschung aufbieten muss, um mich nicht umzudrehen, auf den Waschtisch zu springen und meine Beine für ihn zu spreizen.

Als ich aufblicke und in den Spiegel schaue, sehe ich, wie seine Zunge zwischen den Lippen hervorlugt und ich weiß, dass er die Luft wittert. Riecht er meine Erregung in der Luft? Könnte ich jemals irgendetwas vor diesem Mann geheim halten?

Offensichtlich nicht, denn ehe ich mich versehe, umfasst er meine Taille, dreht mich um und hebt mich hoch. Er setzt mein Hinterteil auf den Rand des Waschtischs, stellt sich zwischen meine Beine und spreizt sie mit seinen Hüften.

„Guten Morgen", raunt er leise, „schönste und perfekte Gefährtin."

Ich muss schlucken und sage mir selbst, dass ich ihn wegstoßen sollte. Ich muss die Dinge klarstellen. Die letzte Nacht war ein Moment des Wahnsinns, aber jetzt bin ich wieder ich selbst. Das darf nie wieder passieren. Es war schon riskant genug, es einmal zuzulassen, aber diesen Wahnsinn noch einmal zu wiederholen, wäre ... genau das, *Wahnsinn*.

Erster neigt den Kopf und ich denke, dass er mich küssen will.

Ich will den Kopf schütteln, Nein sagen. Das will ich wirklich. Stattdessen sitze ich einfach wie erstarrt da. Und Erster ist genau der Typ Mann, der den ganzen Arm nimmt, wenn man ihm die Hand reicht. Also versteht er offensichtlich mein Zögern als Zustimmung, dass er tun kann, was er will, denn er senkt seinen Mund nicht auf meine Lippen, sondern küsst meinen *Hals*.

Und, ach du lieber *Gott*, er küsst und liebkost meinen Hals, bis ich in seinen Armen zittere. Hat er überhaupt eine Ahnung, was er da...

Als ich auf ihn hinabsehe, blickt er mit einem teuflischen Grinsen auf und mir wird sofort klar, dass er ganz genau weiß, was er da anrichtet.

Ganz besonders, als er seine Hand an meinem Körper

hinabgleiten lässt und seinen Daumen über meinen Kitzler kreisen lässt.

Ich erbebe, ohne es zu wollen.

Er grinst und streckt dann die Zunge heraus und leckt meinen Hals, an der Stelle an der mein Puls unregelmäßig flattert.

„Ich möchte dich glücklich machen, meine wunderschöne Gefährtin."

„Ich ... ich...", kann ich nur stottern. „W-wir sollten reden."

„Später", murmelt er und ändert seine Stellung, bis seine beiden sehr harten Ständer zwischen unseren Körpern hochstehen, der obere berührt meinen Bauchnabel und der untere drängt sich gegen meine Muschi, die sofort reagiert und feucht wird. Ich bin so bereit für sein Eindringen, als hätte ich nur auf ihn gewartet. Früher habe ich immer eine halbe Stunde Vorspiel gebraucht, um in Stimmung zu kommen.

Aber nein, für Erster bin ich anscheinend allzeit bereit.

Ich lecke mir die Lippen. Die Bewegung erregt seine Aufmerksamkeit. Er lässt von meinem Hals ab und sieht mich mit seinen lila Augen an.

„Sag mir, dass ich in dich eindringen darf", knurrt er, beugt sich vor und drückt einen Hauch von Kuss auf meine Lippen. Dann lässt er seinen Mund zu meinem Ohr weiter wandern und neckt mein Ohrläppchen ganz zart mit den *Spitzen* seiner Fangzähne.

Ein heftiger Schauer durchläuft meinen ganzen Körper. Ich rutsche auf dem Waschtisch vor und suche den Kontakt mit seinem steinharten Schwanz, der sich an meine Öffnung drückt.

Doch er zieht seine Hüften zurück und atmet schwer in

mein Ohr. „Bitte mich darum. Bitte mich, dir das zu geben, wonach du hungerst. Bitte mich, dich zu besteigen."

Wieder erbebe ich. Jetzt hat sich mein Verstand, der mir vor zehn Minuten noch so gut gedient hat, komplett verabschiedet.

Jetzt gibt es nur noch Ersters Körper an meinem und das verzweifelte Verlangen, ihn wieder in mir zu spüren.

„Bitte", flehe ich. „Bitte, Erster. Vögel mich."

Vielleicht hat auch er sich verzweifelt zurückgehalten, denn kaum habe ich das gesagt, dringt er schon in mich ein.

Lieber *Gott*, meine Erinnerungen an die letzte Nacht, an das Glück und die Lust, so eng mit ihm verbunden zu sein, waren wirklich nicht übertrieben.

Ich werfe den Kopf in den Nacken und gebe mich hin. Warum soll ich mich wehren? Du liebe Güte, warum soll ich mich gegen diese unvergleichliche, perfekte, geile Lust wehren?

Paaren. Vögeln. Gefährtin vögeln. Perfekte Muschi. Liebe machen.

Fetzen seiner Gedanken, Impulse und Wünsche strömen auf mich ein. Ich kann spüren, was er fühlt, diese intensive, überwältigende *Vertiefung* in alles, was er tut. Erster kann wirklich nichts halbherzig tun.

Er knetet meinen Hintern und massiert die Pobacken mit seinen starken, großen Händen. Weiß er, wie sehr ich das liebe? Er muss es wissen, denn er hält sie fest, drückt meine Schenkel noch weiter auseinander und vögelt mich hart und immer härter.

Ich winde mich und krümme mich, ich will ihn überall.

Ich habe gar nicht mehr daran gedacht, dass er meine Wünsche fühlt. Er weiß ganz *genau* was ich will, auch die Dinge, die ich *niemals* laut aussprechen würde.

Aber Erster braucht keine Worte, nicht wahr?

Er hebt mich vom Waschtisch hoch in seine starken Arme und bei der Bewegung rutscht sein Schwanz aus meiner Muschi.

Aber er setzt mich nicht wieder ab, nein, natürlich nicht. Er hat mein Verlangen gesehen, gespürt. Mein Atem stockt, als ich spüre, wie der Schwanz, der gerade noch in meiner Muschi steckte und nass von meinen Säften ist ... sich gegen meinen Anus drängt.

Ich zittere in seinen Armen und schlinge die Beine um seine Taille. Er zögert und sieht mich mit seinen lila Augen forschend an. Ich beiße mir auf die Unterlippe, nicke, und verberge mein Gesicht an seiner Schulter. Auch wenn es genau das ist, was ich begehre, so kann ich ihn doch nicht ansehen, wenn wir es tun.

Sanft und vorsichtig führt er seinen großen Schwanz in meinen Hintern ein, wobei die Feuchtigkeit von meiner triefend nassen Muschi das perfektes Gleitmittel bildet. Ich schlinge die Arme um seinen Hals und halte mich an ihm fest. Sein anderer Schwanz, der vorher meinen Bauch berührte, drückt sich jetzt neckend gegen meine nasse Muschi. Ich konzentriere mich darauf, um mich von dem Druck an meinem Hintern abzulenken.

Aber das kann Erster natürlich auch fühlen. Also hört er auf, seinen Schwanz in meinen Anus einzuführen und dringt mit dem anderen in meine Muschi ein. Ich erschaudere vor Wonne, als ich ihn in mich aufnehme, und ihn mit meiner Muschi umklammere, während er seinen anderen Schwanz wieder langsam und unaufhaltsam in meinen Hintern schiebt, sodass er mich vorn und hinten ausfüllt. Oh ... oh...

Ich zittere und bebe, als ich seinen ersten, atemberaubenden Rausch des Begehrens spüre, als ich ihn so eng umklammere. Er kann sich kaum noch beherrschen. Ich fühle, dass die Wollust ihm fast den Schädel wegpustet. Jetzt brauche ich es genauso sehr wie er.

Sofort entspanne ich meine Muskeln und er dringt ein, einen Zentimeter, dann noch einen und noch einen. Für jedes bisschen, das ich ihm gebe, belohnt er mich mit einem befriedigten Knurren. Oh mein Gott, ich dachte letzte Nacht schon, dass wir *eins* waren, aber gleichzeitig von beiden Seiten und auf jede Art von ihm ausgefüllt zu werden, ist Wahnsinn. Und ich fühle seine Überwältigung, seinen Schock und seine lüsterne *Freude* daran, seine *Gefährtin* auf diese Weise zu besitzen, etwas das er sich nie hätte erträumen lassen.

Ich fange an, mich auf ihm zu bewegen, halte mich an ihm fest und reite seine beiden Schwänze gleichzeitig, auf und nieder.

Er spricht in einer fremden, harten, kehligen Sprache, die ich nicht kenne. Dennoch kann ich durch unsere starke Verbindung irgendwie einen Sinn darin erkennen.

Mein.

Sie gehört mir.

Zusammen vögeln, niemals getrennt, für immer meine Gefährtin, sie-meine-Gefährtin-für-immer.

Ich verdrehe die Augen, als die ersten Wellen des Höhepunkts kommen, dann zu einer Flut werden und mich wieder und wieder durchfluten. Ich bebe und winde mich und reite Erster, der sich an mich klammert.

JA.

Reiten. Vögeln. Liebe machen. JA. LIEBE ES GEFÄHRTIN ZU VÖGELN.

Ich auch. Wir beide lieben es.

Es ist einfach nicht von dieser Welt.

Genau in dem Moment, als Erster seinen Höhepunkt lustvoll herausbrüllt und meine Welt in einem Feuerwerk aus Licht und Lust explodiert, schreie ich auch – aber nicht vor Lust.

Gleichzeitig fährt ein heftiger Schmerz durch meinen Rücken.

Ich lasse Ersters Hals los und wäre zu Boden gefallen, wenn er mich nicht in der letzten Sekunde aufgefangen hätte.

Ich reiße meine Augen weit auf und schreie laut weiter, während mir ein Schmerz, wie ich ihn noch niemals in meinem Leben verspürt habe, die Luft raubt. Die Lust, die ich gerade noch empfunden habe, ist verschwunden und es ist ein unglaublicher Schock, so plötzlich statt Wonne nur noch höllische Schmerzen zu empfinden.

„Meine Gefährtin!", ruft Erster, löst sich von mir und stellt meine Füße auf den Boden. Aber ich sinke sofort auf die Knie; meine Beine können diesem unerträglichen Schmerz nicht standhalten. Ich greife nach hinten, um zu verstehen, was dort gerade geschieht, und da spüre ich es.

Flügel durchbrechen die Haut an meinem Rücken.

KAPITEL 17

ERSTER

ICH HABE ES GESCHAFFT. Ich habe eine Gefährtin und ich habe sie geschwängert. Sie wird meinen Nachwuchs zur Welt bringen. Und dennoch, als ich sie mir so ansehe, wie sie erschöpft schlafend auf dem Bett liegt und ihre schimmernden, neuen lila Flügel hinter sich ausgebreitet hat ... empfinde ich nicht das, was ich mir vorgestellt hatte.

Es ist genau das, was ich wollte, oder nicht?

Aber jetzt, wo ich alles habe, was ich mir wünsche ... was soll ich nun machen? Eine Möglichkeit finden, zu meinem Raumschiff zu gelangen und den anderen zu verkünden, dass ich meinen Teil der Abmachung erfüllt habe? Ich habe eine Frau geschwängert. Wenn ich jetzt gegen den König vorgehe, dann wird mir ihre Ergebenheit sicher sein. Der König, mein Halbbruder, der seine Schuld mir gegenüber nicht erfüllt hat.

Ausgerechnet er ist der Gefährte der Frau, die *meine* Gefährtin ihre Familie nennt.

Wäre meine Mutter noch am Leben, weiß ich genau, was sie dazu sagen würde. Sie würde mich als Dummkopf beschimpfen. Sentimental, genau wie mein Vater. Entweder hätte ich mir nicht eine Gefährtin aussuchen sollen, die eine so komplizierte Bindung an die Königsfamilie hat, oder ich sollte mein Kind nach seiner Geburt nehmen und den Thron beanspruchen, der von Rechts wegen mir zusteht.

Ich sollte eine ruhmreiche Revolution anführen und diesen Planeten als Heimat für die Draci beanspruchen, die wir schon seit so vielen Jahrhunderten suchen.

Es wird nicht ganz einfach sein, aber gegen unsere übermächtige Technologie und Stärke haben diese schwachen Menschen keine Chance. Wir werden sie zu unseren Sklaven machen und mit ihnen Kinder zeugen, sodass unser Volk wächst und dieser Planet zu Recht den Namen Neu-Draci trägt.

Doch dann fällt mein Blick auf meine wunderschöne, tapfere Gefährtin, die sich einem Rohling wie mir komplett und ohne Hemmungen hingegeben hat. Ich habe Einblick in ihre Gedanken gewonnen und erkannt, dass sie in keiner Weise ... *minderwertiger* ist. Wenn überhaupt, dann ist die Vielschichtigkeit ihrer Gedanken und Gefühle eine Herausforderung für mich. Sie bringen mich dazu, das, was ich als selbstverständlich betrachtet habe, infrage zu stellen.

Zusammen sind wir viel bedeutender als ich es jemals allein war.

Für nichts in der Welt würde ich sie verlieren wollen.

Selbst wenn es mich das Leben kosten sollte.

Aber das ist nicht die Art der Draci. Wir sind nicht leidenschaftlich. Oder mitfühlend. Wir sind kalt, es sei denn, unsere Feuer brennen heiß und wir zerstören alles, was sich uns in den Weg stellt.

Wie sollen sich zwei so verschiedene Spezies jemals einen Planeten teilen?

Und dennoch ... meiner Gefährtin und mir ist es gelungen, unsere Körper zu vereinen und neues Leben zu erschaffen. Es ist *erstaunlich*. Vielleicht ist mein dämlicher Bruder gar nicht so dumm, wie ich angenommen habe. Vielleicht *gibt* es einen Weg, den ich noch nicht in Betracht gezogen habe.

Was wäre, wenn ... was wäre, wenn wir wirklich mit diesen Wesen friedlich zusammenleben *könnten*, anstatt sie einfach nur zu beherrschen?

Eine Bewegung auf dem Bett lenkt mich von meinen Gedanken ab.

Giselle blinzelt und rekelt sich. Ihre Flügel zucken und bewegen sich mit ihr, als sie langsam wach wird. Sie sind bereits untrennbar mit ihr verbunden. Ich kann nur mit fasziniertem Staunen zusehen.

„Wie spät ist es?", fragt sie verschlafen.

„Kurz vor Sonnenaufgang, meine Gefährtin."

Blinzelnd setzt sie sich auf. Ihre Flügel breiten sich hinter ihr aus und reichen fast bis zu den Wänden – sie streckt sie unbewusst mit, als sie herzhaft gähnt. Dann blickt sie über ihre Schulter und schreit auf.

„Heilige Scheiße, es war also kein Traum."

Sie steht auf und dreht sich um. Ihre immer noch ausgebreiteten Flügel folgen ihrer Bewegung und stoßen eine nicht angezündete Duftkerze um, die auf dem Nachttisch neben dem Bett steht.

Sie versucht, die Flügel einzuziehen, doch sie haken sich in der Bettdecke fest und zerren sie auf den Boden.

Sie verbirgt ihr Gesicht in den Händen. „Oh Gott, was habe ich getan?"

Ich stehe sofort auf und ziehe sie in meine Arme. „Du

hast deinen Körper zu einem Gefäß gemacht, in dem wir unseren Nachwuchs bekommen werden."

Sie lässt die Hände sinken und sieht mich mit großen Augen an.

„Heilige Scheiße", wiederholt sie. „Ich bin schwanger. Ich meine, ich wusste ja, dass die Möglichkeit besteht, aber alles war so – bei Ana und Ezo hat es ewig gedauert, bis sie schwanger wurde. Wahrscheinlich dachte ich *wirklich,* es würde…" Sie schweigt und legt die Hände auf ihren Bauch. Ihre Augen sind noch immer weit geöffnet. Ob vor Schock oder Ehrfurcht kann ich nicht erkennen.

Ich runzele die Stirn. „Freust du dich nicht, meinen Nachwuchs in dir zu tragen?"

Sie wedelt abwehrend mit der Hand. „Gib mir einfach eine Minute, okay? Ich meine, ich habe mir ja immer Kinder gewünscht. Es ist nur … ich hatte mir nur die Umstände anders vorgestellt, verstehst du?" Sie macht eine Kopfbewegung in Richtung Rücken und hebt versuchsweise ihre Flügel.

Dann lässt sie sich schwer auf das Bett plumpsen und starrt an die Wand. Ich stehe unbehaglich neben ihr und beobachte sie. Sie sagt kein Wort, sitzt nur da und starrt vor sich hin.

„Was fehlt dir?", frage ich und wedele mit der Hand vor ihrem Gesicht herum. „Bist du kaputt?"

Jetzt sieht sie zu mir auf und auf ihrem Gesicht breitet sich langsam ein strahlendes Lächeln aus und sie sagt: „Ich werde ein Baby bekommen."

„Ja", erwidere ich unsicher. Das war doch sofort offensichtlich, als gestern die Flügel aus ihrem Rücken sprossen. Hat die Verwandlung ihre mentalen Fähigkeiten irgendwie beeinträchtigt?

Nun lacht sie. „Nein, ich meine, es wird mir gerade erst

richtig bewusst. Ich werde *Mutter*. Von einem kleinen Baby. *Unserem* Baby." Sie nimmt meine Hand. „Wir werden eine Familie sein."

„Ja. Eine Familie", wiederhole ich in sachlichem Ton. Mit der Gleichgültigkeit und Würde, die meine Mutter mich so mühsam gelehrt hat.

Aber im Angesicht von Giselles langsamem, strahlenden Lächeln, als sie sich ihrer Situation bewusst wird, kann ich nicht unberührt bleiben. Weil ich es in ihren Augen sehen kann. Es ist nicht nur so, dass sie das Baby als ihre Familie akzeptiert, sondern mich auch. Sie betrachtet uns drei als eine Einheit. Sie hat mich bewusst in ihre Familie eingeschlossen, obwohl ich sie von ihrer eigenen Familie entführt habe. Damit macht sie mir ein großes Geschenk, genau so, wie sie mir ihren Körper geschenkt hat.

Die Freude, die ich daraufhin empfinde, ist eine ganz neue Erfahrung. Unbekannt und erschreckend. Was ist, wenn sie mich verrät? Habe ich nicht auf die harte Tour lernen müssen, dass man niemandem trauen kann, dass man *niemanden* in die geheimen Teile meiner Seele einlassen darf, wo sie mich verletzen können, wie meine Mutter es wieder und wieder getan hat?

Aber naiv, wie ich bin, nehme ich die Hand meiner Geliebten in die meine.

„Ja, jetzt sind wir eine Familie, meine Gefährtin. Um dir meine Ergebenheit zu beweisen, werde ich dir mein Vertrauen schenken. Nun, da du Flügel hast, kannst du zu meinem Raumschiff fliegen. Ich werde dir verraten, wie du dort hinkommst. Dort kannst du das Gerät holen, das meine Flügel heilen wird. Wenn du zurück bist, werden wir besprechen, wie es weitergehen soll. Vielleicht gibt es die Möglichkeit einen friedlichen Weg zu finden, so wie du es dir wünschst."

Ihre blauen Augen strahlen noch freudiger und sie steht auf und umarmt mich. „Oh, Erster." Sie schmiegt ihr Gesicht in meine Halsbeuge. Heimlich strecke ich etwas die Zunge heraus, um sie zu wittern, als ich sie in den Armen halte. Sie duftet nach Heckenkirsche und Wildblumen.

Sie rückt etwas von mir ab und nimmt mein Gesicht in beide Hände. Ihre blauen Augen leuchten, obwohl sie leicht die Stirn in Falten legt. „Ich verstehe nicht, wie ich in so kurzer Zeit so starke Gefühle für jemanden entwickeln kann. Das hier ist total verrückt..." Sie schüttelt den Kopf. „Und dennoch fühlt sich alles so richtig an."

Bei diesen Worten muss ich sie einfach an mich ziehen und küssen. Ich muss sie mit meiner Zunge schmecken und sie mit allen meinen Sinnen erleben, um mir zu beweisen, dass sie echt ist.

Wir lieben uns, während die Sonne über dem Horizont aufgeht und uns in ihr goldenes Licht taucht.

KAPITEL 18

GISELLE

NACH UNSEREM FAULEN MORGEN IM BETT ... oder eher unserem leidenschaftlichen Sex gefolgt von einigen weiteren gemütlichen Stunden Schlummer, verbringe ich den Nachmittag damit, Fliegen zu lernen.

Juliet hat mir erzählt, dass sie ein Naturtalent war. Auch Ana hat es ziemlich schnell gelernt. Deshalb ist es mir etwas peinlich, dass es mehr als vier Stunden dauert, bis ich endlich kapiere, wie man die Luftströme nutzt und *mit* ihnen fliegt, anstatt gegen sie anzukämpfen. Natürlich erst, nachdem ich nicht mehr sofort nach dem Abheben zurück auf den Boden geplumpst bin – oh ja, die ersten Versuche waren nicht gerade ein Spaß.

Als Kind habe ich ziemlich lange gebraucht, um Fahrrad fahren zu lernen, und anscheinend ist das jetzt genauso. Ich bin fast so weit, das Handtuch zu werfen, denn die Sonne hat schon lange den Zenit überschritten, als ich es endlich schaffe, kontrolliert zu fliegen und es unfallfrei von einem Ende des Grundstücks zum anderen schaffe.

Ich lande – fast anmutig – auf der Erde und jogge, ohne zu stolpern, als ich den Boden berühre.

„Ich glaube, ich habe eine Fliege verschluckt." Ich würge ein bisschen und spucke mehrmals aus.

Aber Erster strahlt. „Ich denke, du kannst es. Willst du versuchen, mein Schiff zu erreichen? Wir können gern weiter üben, wenn du willst, aber du hast dich in der letzten Stunde sehr gut angestellt. Es ist ein relativ einfacher Flug dorthin. Das schaffst du bestimmt."

Ich reiße die Augen auf. „Wirklich? Jetzt schon?"

„Hab keine Angst. Du bist stärker, als du denkst. Aber wenn du dich noch nicht sicher fühlst, dann üben wir weiter und du kannst morgen dorthin fliegen."

Ich beiße mir auf die Lippe. Ich habe nicht vergessen, dass Erster erwähnte, dass seine Mitverschwörer vielleicht auch ohne ihn vorgehen würden. Und Erster ist nun bereit, eine friedliche Lösung anzustreben. Vielleicht wird alles so ausgehen, wie es immer sein sollte. Erster und ich werden eine Familie sein, genau wie Shak und Juliet und Ana und Ezo. Vielleicht kann ich eine Brücke zwischen allen bilden und wir werden in Frieden leben.

Aber es wird keinen Frieden geben, wenn wir es nicht schaffen, vor den Draci-Rebellen zu Shak und den anderen zu gelangen.

Also richte ich mich auf, breite meine Flügel zu ihrer vollen Spannweite aus, womit ich mich in den letzten Stunden des Übens vertraut gemacht habe, und nicke entschieden. „Du hast recht. Ich schaffe es. Sag mir, wie ich dort hinkomme."

Er erklärt es mir. Es stimmt, es ist keine komplizierte Strecke. Das letzte Stück hört sich etwas schwierig an, aber bei dem Gedanken, dass Juliet und ihr Baby ohne Warnung angegriffen werden könnten, richte ich mich zu meiner vollen Größe auf und nicke entschieden jedes Mal, wenn Erster mich fragt, ob ich wirklich glaube, bereit zu sein.

Er kommt aus dem Haus und reicht mir eine kleine Tasche mit einer Flasche Wasser und einer Frischhaltedose mit einem Rest Reis vom Mittagessen. Ich nehme einen Schluck Wasser und hänge mir die Tasche um.

Erster küsst mich voller Inbrunst, dann trete ich zurück und schwinge mich in die Luft.

„Halt dich nicht zu lange auf", ermahnt er mich. „Nimm dir das Gerät und komm sofort zurück. Du müsstest lange vor Sonnenuntergang wieder hier sein."

Ich nicke, als meine Flügelschläge Staub und Sand aufwirbeln. „Mach dir keine Sorgen. Ehe du dich versiehst, bin ich wieder da."

Doch dann möchte ich mich meiner Angst stellen und die Sache hinter mich bringen. Ich winke ihm noch einmal zu und fliege los.

Es fühlt sich komisch an, meine neuen Flügel zu benutzen ... aber irgendwie auch vollkommen natürlich. Es ist eine ganz automatische Bewegung. Ich sage ja auch meinen Beinen nicht, was sie machen sollen, wenn ich rennen will. Genauso ist es beim Fliegen. Wenn ich *höher* fliegen will, dann bewege ich meine Flügel schneller, bis ich die gewünschte Höhe erreicht habe.

Natürlich habe ich auch noch viel zu lernen. Wenn ich meine Beine benutze, kann ich nicht *segeln*. Das ist etwas, das ich erst beim Fliegen gelernt habe. Erst nach einigen Stunden des Übens habe ich ein Gefühl für den Wind bekommen, und wie die Luftströmungen mich tragen, wenn ich sie genau *richtig* nutze.

Eigentlich wäre es eine magische Erfahrung, aber ich muss mich noch zu sehr auf die Strecke konzentrieren und habe Angst, einen der Wegmarkierer zu verpassen, die

Erster mir beschrieben hat, und mich zu verfliegen und alles zu verderben.

Doch glücklicherweise ist es überraschend einfach, seinen Anweisungen zu folgen. Außerdem kann man hier in der Wüste, wo alles flach und weitläufig ist, aus der Vogelperspektive die Orientierungspunkte, die er erwähnt hat, viel leichter erkennen. Die Landschaft ist flach, voll mit niedrigem Gestrüpp und einigen Kakteen. Ich fliege direkt über der Wüste. Endloser Sand und trockenes Gebüsch. Ab und zu sehe ich unter mir ein paar Kaninchen rennen.

Ich lege sehr schnell eine große Strecke zurück, so dauert es nicht lange, bis ich in der Ferne den höheren Hügelkamm entdecke, den Erster mir als Zielort angegeben hat.

Gerade als ich darauf zufliege, werde ich von einem Aufwind erfasst, der mich kopfüber herumwirbelt. Ich hänge schwindelnd einen Moment in der Luft, bevor ich anfange zu fallen.

Verdammt, *verdammt!*

Instinktiv breite ich meine Flügel so weit wie möglich aus, doch mein linker Flügel gerät wieder in den Aufwind. Wieder werde ich hochgezogen und herumgeschleudert.

Ich schaffe es gerade noch meinen Flügel einzuziehen und meine Flugbahn so zu optimieren, dass ich nicht gegen die Felsen krache, als ich mich dem Bergkamm nähere.

Ich habe nur wenige Sekunden Zeit zu entscheiden, was ich nun machen soll. Versuchen höher zu steigen, um den Bergkamm zu erreichen, wäre einfacher, als auf dem Boden zu landen und von vorn anzufangen. Also bewege ich meine Flügel schneller denn je, als ich wieder in windstiller Luft bin.

Es kostet mich meinen letzten Rest Kraft, aber ich nutze meinen verbleibenden Schwung und der Wind schiebt mich jetzt von hinten an. Höher, höher, *höher* fliege ich, nur Zentimeter von der steilen Felswand entfernt, daran empor.

Als ich oben ankomme, ist meine Landung nicht gerade perfekt.

Eigentlich will ich auf meinen Füßen landen, aber ich komme schleudernd und rutschend zum Stillstand und falle stattdessen hin. Wenigstens trage ich die dicken Jeans aus der Hütte, also schlage ich mir nicht die Knie auf.

Ich bleibe erst mal sitzen und schnappe nach Luft. Das Adrenalin pumpt noch heftig durch meinen Körper. Ich brauche noch einen Moment, bevor ich in der Lage bin mich umzusehen.

Ich sehe gar nichts, aber darauf hatte Erster mich schon vorbereitet. Also atme ich noch einmal tief durch und stehe auf. Mit vor mir ausgestreckten Armen gehe ich vorsichtig vorwärts. Der ganze Hügelkamm scheint aus Sandstein oder Kalkstein zu bestehen – der Felsen hat eine leicht orange Farbe und enthält so wenig Leben wie die Wüste unten. Etwas Gestrüpp und einige niedrige, stämmige Bäume sind alles.

Ich mache noch einige vorsichtige Schritte. Erster sagte, das Schiff wäre ungefähr dreißig Kronons von der Kante des Hügelkamms entfernt. Stirnrunzelnd versuche ich, mich an die Umwandlungsformel zu erinnern. Wie viele Zentimeter sind ein Kronon noch mal? Ungefähr fünfundvierzig, denke ich?

Während ich noch versuche, die Distanz im Kopf umzurechnen, laufe ich gegen ein unsichtbares, aber *sehr hartes* Objekt.

„Autsch." Das muss es sein. Ich taste die Außenseite des glatten Metallobjekts, das für meine Augen völlig unsichtbar ist, mit den Händen ab. „Echt cool", murmele ich leise vor mich hin.

Ich wiederhole die seltsamen, außerirdischen Worte, die Erster mir beigebracht hat, und halte dann meine Hand hoch. Er sagte, das sei alles, was ich tun muss, um an dem Bio-Scanner vorbeizukommen und dass das Raumschiff „dann alles tun würde."

Ich bin mir nicht sicher, was das bedeutet, bis ein kleines, ovales Bedienfeld aufleuchtet. Darauf lege ich meine Hand, wie Erster es mir erklärt hat. Zu meiner großen Überraschung versinkt meine Hand leicht in dem Licht. Erster nannte es ein *Plasmadisplay,* da habe ich angenommen, dass es so etwas Ähnliches sei wie ein Plasmafernseher. Aber offensichtlich nicht.

Plötzlich sticht etwas in dem Licht meinen Finger. Ich schreie kurz auf und ziehe meine Hand zurück, aber in dem Moment höre ich eine Stimme, die sagt: „Zugang gewährt, Spur von Thraxahenashuash Sequenz erfasst."

„Oh!", flüstere ich überwältigt, als eine Zugangstür aufgleitet und das Innere eines außerirdischen Raumschiffes freigibt. Sobald ich eintrete, gehen die Lichter an. Ich bin allerdings erleichtert, dass sich die Tür nicht automatisch hinter mir schließt. Das warme Sonnenlicht von außen sorgt für ein wenig Normalität, als ich tiefer in das große Schiff hineingehe.

Es ist größer, als ich dachte. Ich lasse meine Hände an dem fremd wirkenden Metall entlanggleiten, das allerdings etwas abgenutzt aussieht. Tatsächlich enthält das ganze Schiff eine seltsame, faszinierende, mir völlig unbekannte Technologie ... wirkt aber auch etwas schäbig, so als hätte es schon bessere Zeiten gesehen ... und diese besseren Zeiten lägen circa hundert Jahre zurück.

Eine Wolke zieht kurz draußen vorbei und verdunkelt das Licht, das durch die offene Tür strömt. Das erinnert mich daran, dass ich mich besser beeilen sollte. Bis zum

Sonnenuntergang dauert es nicht mehr lange und ich will mich unter keinen Umständen im Dunkeln über der Wüste verfliegen. Hierher zu fliegen war nicht allzu schwierig, aber das war im Hellen, eine gerade Strecke mit sichtbaren Orientierungspunkten. Ich darf gar nicht daran denken, wie ich mich verirren würde, wenn ich es im Dunkeln versuchte.

Ich gehe zum Kommandosessel und schaue nach links unter das einschüchternd wirkende Steuerpult. Das Steuerpult selbst ist voll mit hellem Plasma, genau wie das kleine Display an der Außenseite. Es darf mir wirklich nicht passieren, dass ich, mit meinem Glück, versehentlich auf irgendeinen Knopf drücke, der mich dann ins All schießt oder so was. Ich vermeide jeden Kontakt und beuge mich zu der Schranktür darunter. Dann drücke ich leicht auf die Türkante, wie Erster es mir gesagt hat, und die Tür gleitet auf.

In dem Schrank befinden sich mehrere, fremdartige Gegenstände, die ich alle hinausziehe. Einige sehen aus wie Ersatzteile, obwohl ich überhaupt keine *Ahnung* habe, wofür.

Der letzte Gegenstand, den ich herausziehe, sieht aus wie das Ding, das Erster mir beschrieben hat. Es ist ungefähr so groß wie ein Teller und hat zwei Handgriffe, die ich mit beiden Händen ergreife. Sobald sich meine Finger um den Griff geschlossen haben, leuchtet ein rechteckiger Bildschirm auf und ein Lichtstrahl schießt plötzlich aus dem Gerät und scannt mich von Kopf bis Fuß.

Ich lasse es vor Schreck beinahe fallen, besonders als es anfängt in der harten, kehligen Sprache zu reden, die ich schon von Shak gehört habe. Aber noch erschreckender? Ich kann verstehen, was das verdammte Ding sagt. Die mechanische Stimme spricht zwar sehr schnell, aber ein Wort kann ich laut und deutlich hören.

Zwillinge.

Schnell lege ich das Gerät auf dem Kommandostuhl ab. Okay. Ich blinzele verwirrt, sehe an mir hinab und lege dann eine Hand auf meinen Bauch.

Hat dieses Ding mich gerade gescannt und...

Zwillinge?

Heilige Scheiße. Ich zerre die Tasche von meiner Schulter und nehme das Wasser und den Reis heraus. Nachdem ich einen großen Schluck getrunken habe, verstaue ich das Gerät in der Tasche und will gerade gehen, als mich ein Geräusch hinter mir vor Schreck erstarren lässt.

„Eure Spezies ist tatsächlich so beschränkt, wie es uns berichtet wurde. Ich stehe hier schon seit fünf Minuten und du hast es nicht bemerkt."

Als ich die Stimme höre, wirbele ich herum, kann aber niemanden sehen.

Die Stimme spricht weiter. „Eigentlich habe ich hier auf Erster gewartet, aber du bist eine noch viel bessere Beute."

Und dann erscheint wie aus dem Nichts ein Außerirdischer, als wäre er genau wie das Raumschiff getarnt gewesen. Es ist auch nicht Erster. Nein, das ist ein richtig *außerirdischer* Außerirdischer.

Wenn ich mir so ansehe, wie er seine Fangzähne entblößt als er näherkommt, denke ich, dass er auch nicht gerade einer von der freundlichen Sorte ist.

KAPITEL 19

ERSTER

ES SIND BEREITS VIELE, viele Stunden vergangen und Giselle ist immer noch nicht zurückgekehrt.

Ich sitze auf der Veranda und starre den Mond an. Es ist schon nach Mitternacht und sie ist noch immer nicht da.

Es könnte viele logische Gründe dafür geben.

Vielleicht hat sie für den Flug länger gebraucht als erwartet und wollte den Rückflug lieber am nächsten Morgen antreten. Für einen solchen Fall haben wir Proviant eingepackt.

Es gibt noch keinen Grund, in Panik zu geraten. Keinen Grund, das Schlimmste anzunehmen.

Natürlich kann ich mich nicht davon abhalten zu denken, dass Giselle an meinem Schiff angekommen ist und die Kommunikationsrelais an der Plasmakonsole dazu benutzt hat, um ihre Freunde zu kontaktieren...

Ich habe ihr zwar nicht erklärt, wie das geht, aber sie ist schließlich sehr schlau...

Vielleicht sogar so schlau, dass sie mich die ganze Zeit

für dumm verkauft hat. Habe ich nicht selbst gesagt, wie dämlich es wäre, eine Gefangene zu dem Schiff zu schicken, wo sie jede Möglichkeit hätte zu entkommen, und ihr dennoch zu vertrauen, dass sie zu mir zurückkehrt?

Und doch haben mich einige gute Nummern im Bett geblendet; ich habe mich von ihrem schönen Körper einlullen lassen. Das ist ein uralter Trick, den die Draci-Frauen seit Jahrtausenden perfekt beherrschen – sie verführen Idioten , damit diese ihnen jeden Wunsch erfüllen.

Am späten Vormittag, als ich immer noch kein Lebenszeichen von meiner *Gefährtin* bekommen habe – ich denke dieses Wort voller Bitterkeit – weiß ich, dass ich betrogen wurde. Sie hat mit mir geschlafen, war sogar bereit sich von mir *schwängern* zu lassen, nur um ihre Flucht vorzubereiten. Wahrscheinlich wird sie auch ihre Freunde retten wollen und wird sie vor mir warnen.

Und ich hielt die Frauen von meinem Planeten für kalt und herzlos.

Sie sind nichts im Vergleich zu dieser eiskalten Verführerin, so kalt, dass sie sogar die innersten Gedanken, die sie mit mir geteilt hat, manipulieren konnte, indem sie sich nur auf die Lust konzentrierte, die ich ihr bereitete, um ihre wahren Motive zu verbergen.

Während wir vögelten, ja, da ging sie ganz in der Lust des Vögelns auf, aber mehr war das nicht für sie. Sie war fähig, das zu tun, was nötig war, um ihre Pläne durchzusetzen. Oh, welche Ironie; sie ist genau die Art hinterhältiges Weib, das meine Mutter geschätzt hätte, obwohl meine Mutter natürlich die Menschen hasste.

Nun bleibt mir nichts anderes mehr übrig, als meinen letzten Stolz zusammenzunehmen und weiterzumachen.

Ich hatte ihr gesagt, was mein Weg ist und den werde ich weitergehen.

Die Enttäuschung über ihren Verrat sollte eigentlich meinen Zorn neu entfachen, aber als ich meine Tasche packe und mich auf den Weg durch die Wüste zu dem Hügelkamm mache, der so weit entfernt ist, dass ich ihn nicht einmal mit meiner übermenschlichen Sehfähigkeit erkennen kann, empfinde ich nichts als Erschöpfung über diese endlose Existenz.

Ich habe einen Einblick in ein perfektes Leben bekommen ... und eine Vorstellung dessen, was ich für Liebe gehalten habe, und nun ist das alles wieder verschwunden, wie eine Fata Morgana in dieser Wüste, die sich in alle Richtungen um mich erstreckt ... ein weiterer harter Schlag in einem Leben voller Verrat und Enttäuschung.

Ich mache mich zu Fuß auf den langen Weg durch die Wüste, weil ich keine andere Wahl habe. Nun weiß ich, dass das Leben wirklich nur eine Folge brutaler Ereignisse und von Schmerz erfüllt ist. In der Zukunft werde ich besser auf solche Rückschläge vorbereitet sein, und werde alle Macht und leeren Vergnügungen, die ich kriegen kann, suchen, um den ständig pochenden Schmerz meiner Existenz zu betäuben.

KAPITEL 20

GISELLE

ICH BIN SO WAS VON AUFGESCHMISSEN. Ich sitze in einem Käfig in einem außerirdischen Raumschiff. Im *Weltall*.

Natürlich habe ich versucht, an der großen, außerirdischen Kreatur vorbeizukommen und abzuhauen, als ich noch – nun ja, auf dem Planeten *Erde* war, aber ich bin kaum zur Tür des Raumschiffs gekommen, da hatte sie mich schon bei den Flügeln gepackt und zurückgezerrt.

Das hat echt verdammt wehgetan, kann ich nur sagen. Ich habe es glücklicherweise gerade noch geschafft, meine Tasche mit dem Gerät darin nach draußen zu werfen, was sehr gut war, denn die riesige verlogene Außerirdische hinter mir, hat mir etwas gegen den Hals gepresst und ich verlor das Bewusstsein.

Als ich aufwachte, war ich schon hier.

Ich ziehe die Knie an die Brust und blicke zwischen den abblätternden Stangen meines Käfigs hindurch. Ich befinde mich in einem großen Raum, der aussieht, wie das Innere von Ersters Raumschiff. Metallwände, die wohl einst silbern geglänzt haben, aber nun nur noch stumpf grau sind und abblättern, umgeben den Raum. Überall leuchten Plasmakonsolen und große Draci in verschiedenen Farbtönen bemannen die Stationen.

Niemand redet mit mir, und abgesehen von gelegentlichen Blicken und Gelächter in meine Richtung, beachtet mich keiner.

Eine große Schiebetür öffnet sich. Als die große Außerirdische, die mich entführt hat, hineinkommt, balle ich die Fäuste. Eigentlich sollte ich jetzt eher ängstlich als wütend sein, aber ich kann nicht anders. Gerade als in meinem Leben alles richtig gut lief, musste sie kommen und tun, was Fieslinge immer tun. Sie stellte ihre Interessen über alles andere – egal, welchen Schaden es anderen zufügt – egal, welchen Schaden sie einer ganzen *Welt* zufügt.

„Oh gut. Es ist wach", sagt sie, als sie näherkommt.

Sie geht in die Hocke, um mich in meinem Käfig zu betrachten. „Ich hoffe, es ist gemütlich da drin. Wir wollten eigentlich Zwinger für deine Spezies bauen, aber dann haben wir festgestellt, dass ihr bereits Gebäude voll mit Käfigen habt, in denen ihr einander auf eurem Planeten einschließt. Seltsame Spezies. Aber wir werden diese für den Anfang benutzen und dann weitere bauen, so viele, wie nötig sind, bis eure Spezies kapiert, wer eure wahren Meister sind."

„Du bist ein Monster", fauche ich. „Und selten dämlich. Es gibt Milliarden von uns und nur einige Tausend von euch. Du musst wirklich dumm sein, wenn du denkst, dass wir euch jemals als etwas anderes sehen als eine Bedrohung, die wir auslöschen müssen, wenn ihr angreift."

Sie neigt den Kopf zur Seite. „Es gibt auch sehr viel

mehr Ungeziefer als Menschen, und ihr habt dafür eine elegante Lösung gefunden. Ausrottung. Ich sage dir, dass eure blasse, menschliche Haut nichts gegen das Feuer der Draci ausrichten kann."

Ich grinse sie an. „Auch wir haben Möglichkeiten Feuer zu machen. Feuer, wie ihr es noch nie zuvor gesehen habt."

Aber sobald ich diese blutdurstigen Worte ausgesprochen habe, rücke ich von den Gitterstangen ab. Ziehe ich wirklich in Betracht, dass die Menschheit sich auf einen Krieg mit den Draci einlässt, einen Krieg, der enormes Blutvergießen auf beiden Seiten anrichten würde? Ist dieser Blutdurst auf meine Umwandlung zurückzuführen?

Ich lege die Hand auf meinen Bauch. Oder ist es etwas, das weit tiefer geht? Es gibt Menschen, die ich liebe und die ich verlieren würde, wenn die Draci die Erde angreifen. Juliet und Ana und ihre Männer. Und Erster. Ganz zu schweigen von unseren ... unseren *Babys*. Ich habe nicht vergessen, was ich erfahren habe, bevor sie aufgetaucht ist und mich betäubt hat.

Zwillinge. Ich bin schwanger mit Zwillingen.

Und Erster hat keine Ahnung, wo ich bin.

„Wie dem auch sei." Die Draci-Frau steht auf. Anscheinend ist sie mit mir fertig. „Kein Draci hat sich jemals vor einem Kampf gedrückt, und wir warten seit Jahrhunderten darauf, eine neue Heimat zu finden. Wir werden einem Kampf nicht aus dem Weg gehen."

Ich gehe wieder zu den Stäben und umklammere sie. „Aber was wäre, wenn das gar nicht nötig ist? Warum versuchst du es nicht auf Shaks Weise? Er versucht eine friedliche Lösung mit der Regierung zu finden, damit ihr landen könnt. Du musst ihm nur etwas Zeit geben."

„Ich habe bereits ein Drittel meines Lebens gewartet!", zischt sie und tritt hart mit dem Fuß gegen meinen Käfig.

Ich zucke zurück. Der ganze Käfig scheppert von dem Tritt.

„Wir warten nicht länger. Bereitet die Landung vor", befiehlt sie in ihrer harten Sprache.

Mein Herz schlägt mir bis zum Hals. Oh Gott, sie will die Invasion *jetzt* starten? Ich meine, *jetzt* sofort?

Ich brauche mehr Zeit! Ich muss versuchen zu fliehen und jemanden zu warnen. Ich muss zu Erster und ihm sagen, dass wir Zwillinge bekommen. Ich muss Shak sagen, dass...

„Onscreen", kommandiert die Draci, die mich entführt hat. Vorn im Raum senkt sich ein riesiges Display hinab und ich kann plötzlich Sterne sehen, und die Erde, die groß in der Ferne schwebt.

„Haben wir das Kommunikationssystem ausgekoppelt und ist die Tarnung aktiviert?", fragt sie.

„Ja, Kommandantin", antwortet einer der Draci.

„Beginnt den Landeanflug."

Auf ihren Befehl hin sausen wir vorwärts. Die Erde, die gerade schon groß wirkte, wird immer größer, je näher wir kommen, bis sie den ganzen Bildschirm ausfüllt. Ich kann gar keine Bewegung spüren, was bedeutet, dass dieses Raumschiff riesig sein muss.

Doch ich kann sehr wohl spüren, als wir in die Erdatmosphäre eintauchen. Das ganze Schiff bebt und im Display lodern die Flammen, die bei unserem Eintritt in die Atmosphäre entstehen. Wir werden nicht langsamer.

Ich klammere mich an den Stäben meines Käfigs fest, obwohl ich genau weiß, dass mir das nicht wirklich Stabilität und Sicherheit gibt. Ich bin schwanger mit einem menschlich-außerirdischen Hybrid, aus meinem Rücken sind Flügel gewachsen und ich befinde mich auf einem außerirdischen Raumschiff, das auf dem Weg zur Erde ist, um die Menschheit zu versklaven.

Ich kann im Moment noch gar nicht richtig fassen, wie schlimm das alles ist. Außerdem kann ich nichts tun, außer mich verzweifelt an den Gitterstäben meines Käfigs festzuhalten, als wir durch die Erdatmosphäre düsen. Ich weiß noch nicht einmal, wofür ich beten soll – eine sichere Landung? Dass wir abstürzen oder mit Atomraketen abgeschossen werden, damit all diejenigen, die ich liebe, in Sicherheit sind?

Stattdessen schließe ich fest die Augen, denke an Erster und wünsche mir verzweifelt, er hätte gewusst, dass ich nicht nur eines, sondern zwei seiner Kinder unter dem Herzen trage.

KAPITEL 21

STOLPERND UND VON SCHMERZEN GEPLAGT ERREICHE ICH DEN HÜGELKAMM. Den ganzen Tag war ich der heißen Sonne ausgesetzt, die meine menschliche Haut verbrannt hat. Mein Gesicht zum Beispiel und meine Arme und meinen Rücken. Meine menschliche Hälfte ist mit Brandblasen übersät. Kein Wunder, dass diese schwächlichen Wesen sich mit Kleidung bedecken müssen.

Draci-Schuppen sind sehr viel widerstandsfähiger. Wir sind in jeder Hinsicht eine stabilere, widerstandsfähigere Spezies.

Jedoch muss ich zugeben, dass meine Flügel eher ein Hindernis sind, als ich versuche den Hügel, an der Felskante des Kamms, hinaufzusteigen.

Ich bin an die selbstverständliche, leichte Bewegungsfreiheit gewöhnt, die meine Flügel mir verschaffen. Es nervt mich sehr, dass ich die ungelenken Hände und Füße meiner hybriden Menschenform benutzen muss. Wenigstens habe ich immer noch Klauen an den Händen und kann so besser in die Rillen und Felsspalten greifen, als es ein normaler Mensch könnte.

Als ich auf halber Höhe angelangt bin, stürze ich beinahe in den Tod, doch glücklicherweise kann ich gerade noch mit den Krallen an meinen Füßen Halt in der steilen Felswand finden.

Danach klettere ich langsamer, aber das ist frustrierend.

Wie viel Vorsprung hat sie bereits? Nachdem sie ihre Freunde kontaktiert hat, ist dann sie zu ihnen geflogen oder ist sie noch oben auf dem Hügelkamm und wartet darauf, dass ihre Freunde sie retten?

Ich knurre. Wenn ich sie erst in die Finger kriege, dann…

Doch dann entspanne ich mich ein wenig. Meine Wut hat mich bis hierher getrieben, aber was werde ich *wirklich* tun, wenn ich Giselle finde. Meine giftzüngige, falsche Gefährtin.

Ich werde mein Kind haben. Das ist garantiert. Es gehört rechtmäßig mir.

Was sie betrifft…

Wieder knurre ich voller Zorn. Das Richtige wäre, sie für ihren Verrat köpfen zu lassen und das Kind auf die alte Weise aufzuziehen.

Das ist jedoch nicht die Lösung, die ich wählen würde, und das macht mich wütend. Ich bin genau so sensibel geworden, wie diese leicht zu verbrennende menschliche Haut.

Als Draci muss man unbarmherzig sein. Der Zweck heiligt die Mittel. Ich wollte Nachwuchs und ich bekomme Nachwuchs. Sie ist nur das Gefäß, in dem mein Kind wächst, nichts weiter.

Das sage ich mir wieder und wieder, während ich mich

Hand über Hand die Wand hinaufziehe. Als ich oben ankomme, bin ich *fast* sicher, dass ich das auch wirklich glaube. Ich keuche vor Anstrengung und Schmerz – jeder einzelne Muskel schmerzt, von meinen Wunden ganz zu schweigen. Als ich spüre, dass mir Blut über die Brust läuft, weiß ich, dass meine Halswunde wieder aufgerissen ist, und die gebrochenen Gelenke in meinen Flügeln schmerzen bei jeder Bewegung.

Dennoch ziehe ich mich über die Kante, erst meinen Oberkörper, dann werfe ich ein Bein über die Kante. Endlich krieche ich auf den Kamm und breche erschöpft in der noch immer sengenden Nachmittagssonne zusammen.

Ich will mich nie wieder bewegen.

Ein Teil von mir will einfach nur hier liegen bleiben, bis sich die Geier, die ich am Himmel gesehen habe, auf meinen schwachen Körper stürzen.

Was soll das alles noch?

Der Gedanke aufzustehen und Rache zu üben...

Ich bin so matt, erschöpft bis in die Knochen und bis tief in meine Seele. Der einzige gute Grund nicht hier und jetzt zu sterben, ist, dass ich dann zu meinen Vorfahren gebracht würde und dort wartet meine Mutter auf mich.

Wenn ich so etwas überhaupt noch glauben kann. Alles, das mir immer so klar und selbstverständlich erschien, ist jetzt beschmutzt. Würde ich als die hybride Kreatur, die ich jetzt bin, überhaupt in das Reich der Vorfahren aufgenommen werden? Sollte ich mich jetzt an die menschlichen Götter wenden? Oder würden sie mich auch meiden?

„Thraxahenashuash", flüstere ich durch meine trockenen, blasenübersäten Lippen. „Der Erste." Was bringt es schon, der Erste zu sein, wenn ich zu guter Letzt doch ganz allein bin?

Doch dann verscheuche ich diese weinerlichen, menschlichen Gedanken. Giselle könnte in aller Wahrscheinlichkeit keine zwanzig Kronons entfernt in meinem Raumschiff sitzen und auf ihre Rettung warten.

Allein dieser Gedanke gibt mir die Kraft meine Schmerzen und Schwäche zu ignorieren und mich wieder auf die Füße zu bringen.

Ich stolpere einige Schritte vorwärts, dorthin wo mein Schiff sein sollte, doch dann bleibe ich stirnrunzelnd stehen. Die Tasche, die ich Giselle gegeben, habe, liegt dort auf dem Boden. Ich mache einige mühsame Schritte und bücke mich zu der Tasche. Das medizinische Gerät ragt sichtbar halb aus der Tasche und ich nehme es heraus.

Was hat das alles zu bedeuten?

Mit dem Gerät in der einen Hand gehe ich zu meinem Raumschiff und strecke die andere Hand danach aus.

Doch dort, wo meine Hand die kühle Pyrthithium-Hülle meines Schiffes berühren sollte, trifft sie nur auf Luft.

In der Annahme, dass ich mich sicherlich geirrt habe, stürze ich vor und erwarte, mit dem Kopf gegen die Wand des Schiffes zu rennen. Aber da ist keinerlei Widerstand, sondern wieder nur Luft.

Wütend stampfe ich den ganzen Hügelkamm ab. Die Wut verleiht mir wieder neue Kraft. Aber nach einigen Minuten muss ich es schließlich glauben.

Mein Raumschiff ist verschwunden.

Giselle hat nicht nur Hilfe gerufen, nein, als Shak oder wen immer auch er geschickt haben mag, kam, haben sie mein Raumschiff mitgenommen!

Ich brülle laut auf und eine Flamme lodert aus meiner Kehle. Schnell reiße ich mich zusammen, weil mir der Zwischenfall mit dem Berglöwen wieder einfällt, als ich vor

Wut mein ganzes Feuer verbraucht habe. Diesen Fehler werde ich nicht noch einmal machen.

Ich kann nicht verstehen, warum Giselle so dumm war, das medizinische Gerät hier zu lassen. Vielleicht eine dumme Gefühlsduselei? Ich werde dafür sorgen, dass sie jegliche gutherzige Regung bereut, so wie ich meine bereue. Denn nun hat sie mir die Mittel gegeben, sie zu jagen und mir das wiederzuholen, was mir zusteht.

Mit einem letzten tiefen Atemzug breite ich meine Flügel auf ihre volle Spannweite aus.

Ich gehe in die Knie, als mich der volle Schmerz trifft, aber ich beiße die Zähne zusammen und greife nach hinten, nach meinem linken Flügel, der am meisten abbekommen hat. Ich packe den Flügel an der Stelle, wo er gebrochen ist und die Knochen schon falsch zusammenwachsen.

Schonungslos greife ich zu – und breche den Knochen wieder.

Mein Schrei schallt durch die Wüste. Ich habe gerade noch genug Kraft, um das Heilgerät zu nehmen, das mich von Kopf bis Fuß scannt. Es erfasst die Bruchstelle, und noch während der Scanner mich von oben bis unten untersucht, wird bereits eine Laser-OP an meinem Flügel durchgeführt, um den Bruch zu reparieren.

Normalerweise hätte ich dafür ein Schmerzmittel bekommen, aber da ich keins habe, muss ich die Zähne zusammenbeißen und die Schmerzen ertragen.

Ich wiederhole die Prozedur für jeden einzelnen Bruch, bis meine Flügel und die Wunde an meinem Hals vollständig geheilt sind.

Danach werfe ich das verdammte Gerät wieder in die Tasche, werfe sie mir über die Schulter und schwinge mich in die Luft. Ich bin schwach, dehydriert und erschöpft, aber meine Wut gibt mir die nötige Kraft, als ich nach Westen in einen rosa und orange flammenden Sonnenuntergang fliege.

KAPITEL 22

GISELLE

ICH WACHE IN EINEM ENGEN KÄFIG AUF. In einem Käfig auf einem außerirdischen Raumschiff.

„Ximenaushanax", ruft jemand. Ich blicke auf, halte aber den Kopf gesenkt, während ich versuche, meine Umgebung abzuchecken.

Die Wände sind aus dem gleichen Metall wie in Ersters Raumschiff – dieses seltsame, schimmernde graue Metall, das aussieht, als sei es einst silbern gewesen. Genau wie in Ersters Raumschiff blättert es von den Wänden ab. Die ganze technische Ausrüstung, obwohl sie allem was wir auf der Erde haben, weit überlegen ist – sieht ebenfalls alt und abgenutzt aus.

Überall bemannen Draci in allen Farben die verschiedenen Stationen. Sie arbeiten effizient an den hellen Bildschirmen und Plasmakonsolen und tippen mit ihren klauenbewehrten Fingern auf die hellen Hologramme, die über jeder Station erscheinen.

Dann tritt Ximenaushanax in die Mitte des Raumes, wo

sich offensichtlich die Kommandostation befindet. Sie ist die Draci, die mich entführt hat.

Sie ist groß, hat rosa-goldene Schuppen und eine Stupsnase. Wenn sie spricht, blitzen ihre scharfen Zähne in dem fremdartigen, blassen Licht der Deckenleuchten, das den Raum erhellt.

Sie berührt ein Gerät an ihrem Arm, und als sie nun spricht, wird ihre Stimme durch Lautsprecher verstärkt und dringt wahrscheinlich in jeden Winkel des Schiffes.

„Die Zeit ist gekommen. Wir müssen nicht länger in diesem Totenschiff im All bleiben. Es ist Zeit, auf unserem neuen Planeten zu landen und ihn als unsere rechtmäßige Heimat einzunehmen. Wenn das Ungeziefer, das diesen Planeten bewohnt, versucht uns das zu verweigern, was uns gehört, werden wir sie mit unserer überlegenen Macht schlagen! Wir werden ein Feuer auf sie niederregnen lassen, wie sie es noch nie erlebt haben!"

„Ximenaushanax", sagt jemand und sie dreht sich verärgert um, berührt das Gerät an ihrem Handgelenk und zischt: „Ich spreche gerade zu meinen *Ebenbürtigen*. Was kann denn bitte so wichtig sein?"

Die Draci, die gerade den Raum betreten hat, senkt den Kopf. Sie ist blau, wie Ezo, und kleiner als die meisten anderen im Raum. Ich kann an dem kleineren Wulst an ihrem Hinterkopf erkennen, dass es sich um eine weibliche Draci handelt. „Ich bitte um Vergebung, Kommandantin Ximenaushanax, aber Thraxahenashuash, der Erste, hat mit einem Raumschiff angedockt und fordert eine Audienz mit Euch."

Erster? Erster ist hier? Wie?

Ich versuche mich nicht zu bewegen und keine Aufmerksamkeit zu erregen, aber Ximenaushanax blickt in meine Richtung, bevor sie sich wieder an die störende Draci wendet. „Mit welchem Schiff? Ich habe seins mitgenommen."

Die Draci an der Tür senkt den Kopf noch tiefer. „Ich weiß es nicht, Kommandantin. Ich weiß nur, dass er angekommen ist. Er verlangt nicht nur Euch zu sehen, sondern behauptet, Ihr hättet ihn verraten und er fordert Euch zu einem Ritualkampf um die Stellung als Kommandant auf."

Alle im Raum reagieren auf diese Worte und Kommandantin X sieht echt ärgerlich aus. Na ja, Draci in ihrer echten Gestalt wirken immer etwas furchteinflößend und verärgert, aber wenn man ihre verkniffenen Augen und den Dampf, der aus ihren Nasenlöchern steigt, betrachtet, dann muss sie stinkwütend sein.

„So, tut er das?", faucht Kommandantin X. Sie sieht sich im Raum um. „Nun, dann wird er sich gedulden müssen. Wir stehen gerade kurz vor einem Einsatz, der nicht warten kann."

„Ich bitte um Verzeihung, oh große Gebieterin, aber er befahl mir, Euch und allen anderen an Bord mitzuteilen, dass es gegen sämtliche Draci-Regeln verstößt, ihm das Recht auf einen Ritualkampf zu verweigern. Er sagte, wenn wir jetzt die alten Regeln missachten, wofür kämpfen wir dann in dieser neuen Heimat?"

Nun zischt noch mehr Dampf aus den Nasenlöchern von Kommandantin X, doch als die anderen im Raum nicken und vortreten, als wollten sie Einwand erheben, wenn sie die Botin ohne Antwort entlässt, gibt sie schließlich nach.

„Also gut", faucht sie. „Wenn er eine Entscheidung durch Kampf verlangt, dann werde ich diesem Mischlingsbastard seinen schnellen Tod nicht verweigern."

Sie wendet sich zum Gehen, doch bevor sie den Raum verlässt, hebt sie noch einmal das Gerät an ihrem Handgelenk zum Mund. „Um unsere bevorstehende Invasion zu feiern, gebe ich ein Fest. Und nun, alle zum Versammlungskreis. Dort werdet ihr Zeugen, wie ich ihn vernichte, den verräterischen Hund, Thraxahenashuash, der sich gegen seine eigene Mutter gewendet hat, unsere geliebte Königin."

Sie stürmt aus dem Raum und alle anderen folgen ihr. Als sie an der Draci vorbeikommt, die ihr die Botschaft von Erster gebracht hat, bleibt sie stehen und sieht sie wütend an. „Du nicht. Nur die höheren Kasten sind bei dem Ritual erforderlich. Du bleibst hier und bewachst unsere Gefangene."

Dann geht sie mit ihrem Gefolge durch die Tür und den Flur entlang.

Nun bin ich mit der Draci, die mich bewachen soll, allein im Raum.

„Du hast Erster gesehen?", rufe ich ihr durch den Raum zu. „Wie sah er aus? Geht es ihm gut?"

Die Draci blickt in meine Richtung und dann wieder weg. Da wird mir klar, dass ich English mit ihr gesprochen habe. Mist. Anscheinend kann ich Draci seit meiner Mini-Umwandlung *verstehen*, aber ich habe keine Ahnung, wie man es *spricht*.

„Thraxahenashuas", sage ich und bin ganz erstaunt, dass ich mich an seinen vollständigen Namen erinnere. Damit errege ich die Aufmerksamkeit der Draci-Frau, denn sie sieht wieder zu mir hin. Ich wiederhole seinen Namen, aber da ich nichts anderes sagen kann, wird es ihr zu langweilig und sie schaut wieder weg.

Frustriert schlage ich gegen die Käfigstangen. Das ist doch lächerlich. Wie ist es Erster gelungen, hierhin zu gelangen? Hat er herausgefunden, dass sie mich entführt haben? Das muss so sein, denn warum wäre er sonst hier?

Ist er gekommen um mich zu retten, oder geht es ihm nur darum, Kommandantin X herauszufordern, um die Führung des Widerstands zu übernehmen – oder beides? Aber ernsthaft, wie ist er hierhergekommen?

Und wie will er Kommandantin X besiegen? Die weiblichen Draci sind zwar etwas kleiner als die Männer – aber Erster ist ein Menschen-Hybrid und deshalb kleiner als Kommandantin X. Ganz zu schweigen davon, dass seine Flügel komplett zerstört waren, als ich ihn verließ.

Aber er ist hier, und das muss bedeuten, dass er geheilt ist. Hat er es irgendwie geschafft, auf den Hügelkamm zu kommen? Hat er das Heilgerät gefunden?

Mein Kopf schwirrt noch von all diesen Fragen, als meine Draci-Wache sich plötzlich wieder für mich interessiert. Sie verlässt ihren Posten an der Tür und kommt auf meinen Käfig zu.

Instinktiv krabbele ich auf die andere Seite des Käfigs, wobei ich kurz mit meinen Flügeln hängen bleibe.

Sie hält eine Hand hoch. „Du musst keine Angst haben."

Ich ziehe fragend eine Augenbraue hoch.

„Sei still", sagt sie in ihrer Sprache, obwohl ich gar nichts gesagt habe. Ich konzentriere mich auf jedes Wort, während sie schnell weiterspricht, wobei sie sich mit einem der Geräte niederbeugt, das benutzt wird, um mich in diesen Käfig einzuschließen.

„Ich habe nachgedacht", sagt sie. „Es ist sehr wahrscheinlich, dass Thraxahenashuash den Kampf verlieren wird und die Kommandantin diese aussichtslose Mission weiter durchsetzt, das heißt, wir werden alle sterben."

„Nun, wenn du denkst, dass..."

„Ich kann dein Kauderwelsch nicht verstehen", sagt die

Draci und greift nach etwas in ihrem Werkzeuggürtel, den sie trägt.

„Siehst du, wie sie mich zurückgelassen haben? Ich gehöre kaum zur niedrigsten Klasse. Aber wenn ich dir helfe und du Erfolg hast, dann kannst du bei König Shak ein gutes Wort für mich einlegen. Ich bin Visaruth, die Tochter von Glissakikak. Erwähne mich ihm gegenüber."

Sie zieht ein kleines Handgerät hervor und hält es vor meinen Käfig. Ist das ein Schlüssel? Dann sieht sie mir in die Augen. „Sag meinen Namen."

Ich blinzele und nicke eifrig. „Ja, ja, ich werde dich ihm gegenüber erwähnen. Visaki ..."

„Visaruth", korrigiert sie mich.

„Visaruth", wiederhole ich.

Sie nickt. „Ich werde dich jetzt herausführen."

Wenn sie bereit ist, mich nicht nur zu befreien, sondern mich auch aus diesem Irrgarten von einem Raumschiff heraus zu begleiten, dann werde ich Shak sehr gern alles über sie erzählen. Wenn die Absichten dieser Draci mir bei meiner Flucht helfen, so kann mir das nur recht sein. Ich habe keine Ahnung, ob ich irgendetwas tun kann, um Erster zu helfen, aber im Käfig gefangen zu bleiben, hilft mir ganz bestimmt nicht weiter.

„Hier entlang. Beeil dich." Sie führt mich nicht durch die große Tür, durch die die anderen gegangen sind, sondern durch eine sehr kleine am anderen Ende des Raums. Ich passe gut hindurch, doch sie muss sich bücken. Es handelt sich um eine Hintertür zu einem Wartungsraum.

Ich fand ja schon, dass das Metall im Kommandoraum in schlechtem Zustand war, aber das war nichts verglichen mit diesem hier. Um welches Metall es ich auch handelt, es ist eigentlich nicht verrostet, aber so etwas ähnliches. Es blättert ab und bekommt eine seltsame, schwärzliche Farbe, beides scheint ein Anzeichen von Alter zu sein. Visaruth und ich müssen uns zwischen den Maschinenteilen und Rohren durchquetschen und manchmal total verbiegen, um durchzukommen.

Nachdem wir uns an einer Wand außerirdischer Maschinen vorbeigedrückt haben, erreichen wir schließlich eine Leiter, die zu einer Plattform über einem weiteren großen Maschinenblock führt. Visaruth huscht leichtfüßig über die Plattform – natürlich gibt es keine Geländer oder andere Sicherheitsvorrichtungen.

Ich nähere mich und versuche, so furchtlos wie sie zu sein. Doch als ich die Plattform zur Hälfte überquert habe, mache ich den Fehler nach *unten* zu blicken. Unter mir summen und wirbeln Maschinenteile überall mit unglaublicher Geschwindigkeit, es handelt sich um einen riesigen Motor. Wenn ich fiele, würde mich das arbeitende Metall im Handumdrehen zermalmen.

Ich stoße einen kleinen Schrei aus und schaffe es mit Mühe, meine Glieder so weit zu lösen, dass ich auf alle viere falle. So bewältige ich den Rest der Strecke kriechend, wobei meine ausgebreiteten Flügel mir helfen, die Balance zu halten.

Visaruth wartet ungeduldig am Fuß einer weiteren Leiter auf mich. Sie öffnet eine Klappe, durch die wir uns quetschen und landen in einem weiteren Raum, der genauso aussieht wie der, durch den wir gerade gekommen sind. So geht es weiter, eine andere Leiter hinauf, über furchteinflößende Plattformen, durch weitere zwei Räume und mehr enge Gänge, durch die Visaruth und ich uns gerade durchpressen können.

Doch schließlich bleibt Visaruth stehen, hebt die Hand und lässt ihre Finger über ein Plasmadisplay tanzen.

Und plötzlich öffnet sich eine Tür.

In dem Raum hinter der Tür ist es so laut, dass man nichts anderes mehr hören kann. Er ist voller Draci und Visaruth stößt mich hinein. Ich drehe mich um. Egal, was hier gerade im Gange ist, ich bin nicht darauf vorbereitet, aber die Tür schließt sich bereits und fügt sich wieder in die Wand ein. Sie hat mich bis hierher gebracht, aber jetzt bin ich auf mich allein gestellt. Na toll.

Allerdings bemerkt mich niemand. Alle Blicke sind auf die beiden Wesen gerichtet, die in der Mitte des riesigen, runden Raumes, anscheinend eine Arena, miteinander ringen.

Und dort ist Erster, mein Erster, der unter dem brüllenden Beifall des ganzen Raumes von der schrecklichen Kommandantin X auf den Rücken geworfen wurde.

KAPITEL 23

ERSTER

SO GEHT ES ABER NICHT ZU ENDE.

Nicht nach allem, was ich durchgemacht habe, um hierherzugelangen.

Nicht nachdem ich, in dem Glauben, dass meine Geliebte mich verraten hat, zwei Stunden lang bis zum Anwesen meines Halbbruders geflogen bin.

Ich landete in der Mitte seines Hofes und wurde sofort von seinen Soldaten umstellt. Das war natürlich nicht sehr klug, aber ich konnte an nichts anderes mehr denken, als meine Gefährtin zurückzubekommen.

Meines Bruders Soldaten erwiesen mir nicht die Ehre, auf die alte, ehrwürdige Weise zu kämpfen. Sie warfen ein Netz über mich, als wäre ich ein tollwütiger Hund.

Ich attackierte sie mit meinem heißesten Drachenfeuer, aber sie hatten sich zurückgezogen und das Stahlnetz war feuerfest. Stattdessen hatten sie eine Vorrichtung angebracht, die das Netz immer enger zog, bis ich so sicher in der Falle saß wie ein Vizzeksbiest damals auf Draci.

Es war furchtbar erniedrigend, besonders bei dem Gedanken, dass meine Gefährtin den Vater ihrer Kinder so sehen könnte.

Doch als dann mein Bruder schließlich herauskam, um mit mir zu sprechen, war er verblüfft, als ich ihn aufforderte, meine Gefährtin herauszugeben. Zuerst dachte ich, dass er mich nur quälen wollte. Aber als seine Gefährtin aus dem Palast zu uns geflogen kam und von mir wissen wollte, was ich mit ihrer besten Freundin gemacht hatte, wurde mir auf einmal die Wahrheit klar.

Meine Gefährtin war nicht vor mir geflohen und hatte auch nicht ihre Freunde benachrichtigt. Auch hatte Shak sie nicht gerettet oder das Raumschiff gestohlen.

Nein, für das verschwundene Raumschiff gab es nur eine Erklärung – es waren meine eigenen Mitverschwörer, die mich verraten hatten. Natürlich hatten sie das getan. Ximena war niemals wirklich auf meiner Seite gewesen. Nun, da sie meinen Nachwuchs in ihrer Gewalt hatte, brauchte sie mich nicht mehr.

Ich habe alles über Krieg gelernt. Der Feind meines Feindes ist mein Freund.

Also machte ich meinem Bruder ein Angebot. Ein Angebot, das er nicht ablehnen konnte, besonders weil seine Gefährtin ihm wegen Giselle die Ohren vollheulte. Wenigstens teilten wir den gemeinsamen Wunsch nach ihrem Wohlergehen.

Außerdem hatte König Shak, der Herrscher aller Draci, ein Raumschiff bereitstehen.

Jetzt, als ich in die glühenden Augen von Ximena blicke, eine Draci, die eine Generation jünger ist als die meiner Mutter, aber eine Generation älter als ich, und ihren Ehrgeiz und den Triumph, mich besiegt zu haben, darin erkenne, muss ich grinsen.

Es stimmt, sie ist sehr stark. Ich war kaum in der Lage ihre Angriffe abzuwehren, und ja, sie hält die tödliche Klinge, die mit blauem Feuer tötet, nur wenige Zentimeter von meiner Kehle entfernt.

Aber ich weiß etwas, das sie nicht weiß.

Also grinse ich und lasse meine scharfen Zähne blitzen.

Sie knurrt und drückt mit ihrem ganzen Gewicht auf die Klinge. Sie senkt sich langsam tiefer hinab, als ich plötzlich aus dem Augenwinkel wahrnehme, wie eine Draci auf den Kampfkreis zufliegt. Was hat sie vor? Jeder weiß doch, dass es eine Schutzkuppel um den Kampfkreis gibt, damit sich niemand einmischen kann.

„Erster, nein!", ruft mir Giselles vertraute Stimme zu. Das kostet mich kurz wertvolle Aufmerksamkeit und fast hätte Ximena die Oberhand gewonnen.

Aber glücklicherweise ist auch sie abgelenkt, besonders als Giselle versucht, durch die Sperre zu fliegen und in einem Regen blauer Funken zurückgeworfen wird.

Nur einem Jahrhundert harten Trainings, um mein Herz zu verhärten, habe ich zu verdanken, dass ich die Sekunde, in der Ximenas Aufmerksamkeit abgelenkt ist, nutze, um die Situation umzukehren. Ich entwinde mich ihrem Griff und ziehe das Messer herum, hinter ihren Rücken. Erst dann sehe ich mich um, um mich zu vergewissern, dass es meiner Geliebten gutgeht.

Giselle bewegt sich – sie hält sich eine Hand an den Kopf, aber sie setzt sich auf. Die Sperre hat sie nur etwas betäubt. Ich konzentriere mich wieder ganz auf Ximena, denn ich weiß genau, dass ich sie nicht eine Sekunde länger aus den Augen lassen darf.

Gerade noch rechtzeitig, denn sie wirbelt, Kopf über Flügel, herum und ist wieder in der Luft. Ich folge ihr mit ausgestrecktem Messer. Ich versuche in die Luft zu springen und direkt auf ihren ungeschützten Oberkörper zu zielen, aber sie dreht sich schnell im Flug herum – zu schnell für mich, um ihre Flügel zu erwischen, und meine Klinge trifft auf ihre.

Als die beiden Klingen aufeinandertreffen, lodert ein blendendes Licht auf, aber ich halte trotzdem die Augen offen. Das ist gut – denn ich habe die Augen offen, als die Explosion kommt.

BOOM.

Die Explosion lässt den Boden unter uns erzittern, so wie die Wände und alles andere.

Ximena wird davon kalt erwischt. Ehrlich gesagt, obwohl ich wusste, dass es früher oder später passieren würde, bin auch ich davon überrascht. Trotzdem bin ich mehr darauf vorbereitet als sie, und als wir beide durch plötzlichen Druckwechsel zu Boden gehen, gelingt es mir, ihr das Messer aus der Hand zu stoßen.

Sie versucht sich zu wehren und einen Moment lang ringen wir miteinander, aber sie schafft es nicht mehr.

Ich halte meine brennende Klinge an ihre Kehle und sie ist bewegungsunfähig. Wir atmen beide schwer, aber ich erhebe die Stimme, um überall gehört zu werden.

„Ich, Thraxahenashuash, Erster meines Namens, verkünde meinen Sieg über Ximenaushanax, und bin jetzt euer Kommandant des Schiffes Draci III."

„Es ist nicht fair", zischt Ximena unter mir. „Du hast die Regeln des Rituals missachtet. Was war das für eine Explosion?"

Ich erhebe die Stimme noch mehr und wende mich an alle im Raum. „Diese Explosion war euer wahrer und recht-mäßiger König. König Shakshaacac ist gekommen, um die

Kontrolle über jene zurückzugewinnen, die sich gegen ihn aufgelehnt haben. Ihr habt jetzt die einzige Chance eine allgemeine Hinrichtung als Strafe für euren Verrat und eure Pläne, ihn zu stürzen, zu vermeiden."

„Als ich sagte, dass du die Regeln des Rituals missachtet hast", sagt Ximena, und in ihren Augen blitzt der Hass, „meinte ich, dass es in diesem Kampf um Leben und *Tod* geht."

Dann wehrt sie sich wieder gegen meinen Halt, obwohl sich dadurch die tödliche, brennende Klinge ihrem Hals nähert und die ersten Schuppen an ihrer Kehle verbrennt.

Ich habe nicht viel für Ximena übrig. Ich wusste, dass ich sie vielleicht töten müsste, als ich diesen Kreis betrat. Aber als der Geruch verbrannter Schuppen in meine Nase dringt, kommt es mir dumm vor und ... *falsch*. Es gibt nur noch so wenige von uns. Was bringt uns ihr Tod? Sie ist sechshundert Jahre alt, warum sollte sie nur wegen ihres falschen Stolzes hier auf dem Boden sterben.

Ich lockere den Druck auf die Klinge, nur ein winziges bisschen, und lehne mich etwas zurück.

Das ist ein Fehler.

Ximena spürt es sofort. Vielleicht hat sie sogar versucht, mein Mitleid zu erregen und auszunutzen. Doch egal wie, sie ist eine raffinierte Draci und nutzt sofort ihren Vorteil. Sie schlingt ihre Arme um meine Handgelenke, damit ich die Klinge nicht tiefer drücken kann, dann windet sie sich aus meinem Griff, genauso wie ich es kurz vorher gemacht habe.

Ich fauche vor Wut, aber als ich mich umdrehe, um ihr zu folgen, ist sie schon bereit, schlägt mir mit einem geschickten Tritt das Messer aus der Hand und wirft sich dann dem Messer hinterher. Blitzschnell ist sie wieder aufrecht, mit der blitzenden Klinge in der Hand.

Und ich ... habe nichts. Keine Waffe.

Ich strecke die Hände aus und schüttele den Kopf. „Shak hat das Schiff lahmgelegt. Ihr seid bewegungsunfähig. Ich bin der Einzige, der diesen Leuten jetzt noch helfen kann."

Sie fliegt auf mich zu und schwingt das Messer.

Als sie gerade zustoßen will, erscheint eine helle, blaue Klinge mitten in ihrer Brust. Sie wurde in den Rücken gestochen.

Schockiert blickt sie an sich hinab. Als sie versucht nach der Klinge zu greifen, schneidet die sengende Klinge ihre Fingerspitzen ab. Sie öffnet den Mund, um zu schreien, aber es quillt nur Blut hervor. Schließlich fällt sie auf die Knie.

Und direkt hinter ihr steht Giselle.

Meine Gefährtin.

Meine wunderschöne, wunderbare Gefährtin. Sie hat die Flügel ausgebreitet, einen entsetzten Ausdruck im Gesicht und ihre Hand noch immer ausgestreckt.

Es war ganz klar Giselle, die diesen tödlichen Streich geführt hat. Schnell breite ich meine Flügel aus, um ihr den Anblick der gefallenen Ximena zu ersparen.

Giselle sieht zu mir empor, als ich sie in die Arme schließe. „D-die Sperre", stottert sie. „Sie wurde aufgehoben, als das Schiff erzitterte. Und sie wollte ... sie hätte ... ich musste sie aufhalten."

„Genau das hast du getan", beruhige ich sie und streiche ihr das Haar aus dem Gesicht. „Du hast mich gerettet."

Aber wir sind nicht wirklich in Sicherheit, noch nicht. Wir stehen inmitten einer Arena voller Draci, die noch vor einer halben Stunde bereit waren zu rebellieren und die Erde zu erobern.

Ich lasse meine Gefährtin los und wende mich an alle im Raum. „Wer möchte sich hier auf den Boden zu Ximenaushanax gesellen?" Ich zeige hinter mich, halte aber Giselle entschieden vor mir fest. „Das ist der Preis, den alle für ihren Verrat bezahlen müssen. Ich habe meinen Bruder nie verraten und habe die ganze Zeit in seinem Interesse gewirkt." Das ist nicht die *ganze* Wahrheit, aber das müssen sie nicht unbedingt wissen.

Mein Bruder und ich haben auf dem Flug hierher Frieden miteinander geschlossen. Nun ja, Frieden so weit wie möglich, ohne zu wissen, wie die Dinge zwischen meiner Gefährtin und mir standen. Ich schwor ihm, dass es mir nur um ihre Sicherheit und die unseres Nachwuchses ging, egal wie ihre Gefühle für mich seien.

Es war mein Fehler, dass sie überhaupt in diese ganze Sache verwickelt wurde. Wenn sie mich nie wiedersehen wollte ... nun, ich konnte nicht behaupten, dass ich es locker akzeptieren oder dass ich sogar darauf verzichten würde, mein Kind zu sehen, aber ich hätte es ihr zuliebe versucht. Shak meinte, dass er sich nicht sicher sei, ob ich in seinem Palast willkommen sei und ob *seine* Gefährtin mich aufnehmen würde, angesichts dessen, was ich ihrer Freundin angetan hatte, selbst wenn Giselle mich zurücknähme. In jenem Moment hatte ich mich verzweifelt danach gesehnt, meine Gefährtin wieder sicher in den Armen zu halten, und nun, als es soweit ist, haben sich meine Gefühle nicht geändert – ich würde alles für sie tun, egal welche Gefühle sie für mich hegt. Auch wenn sie mich niemals wiedersehen wollte, müsste ich dafür sorgen, dass sie in Sicherheit ist. Ich will mein Leben damit verbringen, ihre Sicherheit und ihr Wohlbefinden zu gewährleisten. Und natürlich die unseres Kindes.

Ich – der von seiner eigenen Mutter, die mich eigentlich hätte lieben sollen, mit so viel Verachtung behandelt wurde – habe das wunderbare Geschenk bekommen, Nachwuchs zu zeugen – erst der Dritte meiner Spezies, dem das in *dreihundert* Jahren gelungen ist.

Ich erhebe die Stimme. „Ich habe das für *euch* getan. Mein Volk. Shak und ich haben unermüdlich für euch gearbeitet, damit auch ihr eines Tages wieder die Freude erfahren könnt, euch fortzupflanzen. Seht ihr es nicht?"

Ich halte Giselle an der Taille fest und schiebe sie ein kleines Stück vor. „Meine Gefährtin ist die dritte menschliche Frau, die geschwängert wurde und ein Baby bekommen wird. Das ändert alles für uns. Wir werden fortbestehen."

„Welchen Unterschied macht das, wenn wir auf diesem Totenschiff gefangen sind?", ruft jemand aus der Menge.

Auf diese Frage bin ich vorbereitet. Es hätte gar nicht besser laufen können, wenn ich die Frage selbst in den Raum gestellt hätte. „Hättet ihr eurem König nur ein bisschen mehr Zeit gegeben, dann hätte er es euch selbst verkünden können! Die Verhandlungen mit diversen Regierungen der Erde sind erfolgreich verlaufen. In drei Wochen werden alle Draci, die sich zurzeit nicht in Stasis befinden, auf eine Insel im Pazifischen Ozean gebracht, wo sie sich der Umwandlung unterziehen. Wir haben mit ihren Wissenschaftlern zusammengearbeitet, um das Verfahren zu verbessern und es geht schneller denn je."

„Vertraust du diesen *Menschen*?"

Ich schnaube verächtlich. „Natürlich nicht. Wir behalten unsere Verhandlungsmacht, indem wir einen Teil unserer Leute auf den Raumschiffen im Himmel zurückhalten. Doch wir können die Mannschaften austauschen und diejenigen, die noch in Stasis sind, aufwecken, um den Job zu übernehmen. Außerdem spielen wir die menschlichen Regierungen gegeneinander aus und im Austausch gegen sicheres Geleit bieten wir unsere Technologie den Mächtigsten an verschiedenen Orten der Erde an. Sie werden uns wie die Könige behandeln, die wir sind, um unsere Gunst zu erringen. Es ist ein gefährliches Spiel, aber eines, das die Klügsten unter uns gern spielen werden, während wir in die Zukunft schreiten. Wir werden die besten Taktiker brauchen, um den König zu beraten."

Ein Gemurmel geht durch die Menge.

Um meinen Standpunkt klarzumachen, spreche ich weiter: „Wir sind mehrere Zehntausend und sie sind fast acht *Milliarden*. King Shak hat recht, mit ihnen *zusammen*zuarbeiten. Das wird unsere Lebensqualität auf diesem Planeten nicht beeinträchtigen. Wir helfen ihnen dabei, ihren Planeten, den sie in wenigen Jahrhunderten zerstört haben werden, wieder gesund zu pflegen, und werden diese neue Heimat mit ihnen teilen." Ich senke die Stimme. „Und wenn sie jemals vergessen sollten, dass unsere Wohltätigkeit diese technischen Fortschritte ermöglicht hat, dann haben wir immer noch unsere Macht im Rücken, um sie daran zu erinnern."

Nach diesen Worten ertönt lauter Beifall.

Es ist nicht ganz die begeisterte Zustimmung für den Frieden, die ich mir erhofft habe, aber es ist wenigstens etwas. Hoffentlich habe ich ihnen eine Vision für die Zukunft gegeben, die sie annehmen können. Es ist höchste Zeit, ihnen die Hirngespinste auszutreiben, dass wir auf einem leeren Planeten landen, den wir einfach plündern können.

Jetzt sieht mich meine Gefährtin mit glänzenden Augen an. „Du *hast* zugehört. Immer wenn ich darüber geredet habe, dass Frieden die bessere Lösung ist, hast du wirklich zugehört."

Ich lege meinen Arm um ihre Schultern und führe sie durch einen der langen Gänge aus dem Raum. Alle Gänge sind voll mit Leuten, aber sie weichen zurück und machen uns den Weg frei.

„Du kannst wirklich sehr überzeugend sein."

Ich schweige, als wir durch einen großen Vorraum in einen schmalen Flur gehen, der zurück zum Raumschiff führt. Ich muss noch hier an Bord bleiben und als Kontaktperson zwischen der Mannschaft und Shak tätig sein, aber ich möchte Giselle so schnell wie möglich auf die Erde zurückbringen, zu ihrer Sicherheit und der des Babys. Nachdem wir noch einmal abgebogen sind, bleibe ich stehen und umschließe ihre kleine Hand mit meiner großen.

„Das muss sehr hart für dich gewesen sein. Ich weiß, wie sehr du Gewalt verabscheust, deshalb weiß ich auch, dass deine Tat, um mein Leben zu retten, ein großes Opfer für dich war. Ich werde diese Schuld niemals vergessen, das schwöre ich dir, meine Gefährtin." Ich hätte niemals gedacht, dass es mich glücklich machen würde, jemandem mein Leben zu schulden, aber in diesem Fall bin ich es. Für die Möglichkeit, sie an meiner Seite zu haben, würde ich die Schuld hundertfach begleichen.

Sie schüttelt nachdenklich den Kopf. „Das ist ja gerade das Seltsame. Es fiel mir *nicht* schwer. Ich sah, dass die Verräterin auf dich losging. Das andere Messer lag zu meinen Füßen, und ich musste gar nicht weiter darüber nachdenken. Ich konnte nicht zulassen, dass sie dich tötet. Auf gar keinen Fall. Nicht, wenn ich es verhindern konnte."

Ich ziehe sie an meine Brust und küsse sie. Ein heftiges Verlangen mich mit ihr zu paaren überkommt mich plötzlich. Hat es jemals eine so perfekte Gefährtin gegeben, wie ich sie jetzt in den Armen halte?

Sie kichert erst, dann stöhnt sie in meinen Armen, und dann kichert sie wieder und versucht, sich von mir zu lösen. Ihr Gesicht ist gerötet, als sie mit dem Daumen über ihre Unterlippe fährt. „*Thrax*", sagt sie und kichert wieder.

Sie sagt meinen Namen, meinen wahren Namen...

Ich drücke sie gegen die Wand, ohne die Pyrthithium-Flocken zu beachten, die auf ihr Haar fallen.

Aber hinten im Flur ertönen Geräusche, deshalb ziehe ich mich stöhnend von ihr zurück. Sie lacht und nimmt meine Hand. Ich muss echt kämpfen, damit meine Schwänze nicht ausfahren, und schaffe es *ganz* knapp, mich zu beherrschen.

Dann ziehe ich sie noch einmal für einen letzten Kuss an mich, als das Raumschiff meines Bruders andockt, aber sie weicht in der letzten Sekunde zurück.

„Oh du liebe Güte", sagt sie. „In dem ganzen Durcheinander habe ich es dir ja noch gar nicht erzählt!"

„Was?"

„Liebling", grinst sie und umrahmt mein Gesicht mit beiden Händen. Dabei zuckt sie nicht zurück, sie scheint meine halb menschlichen und halb Draci Züge nicht einmal mehr zu bemerken, „wir bekommen nicht nur ein Baby. Es sind Zwillinge."

Zwillinge?

„Zwei Babys", erläutert sie.

Zwei.

Zwei?

„Zwei." Sie nickt und strahlt von einem Ohr zum anderen.

Ich werde Vater von nicht nur einem Kind, sondern zweien. Zwei Kinder.

Die Tür des Raumschiffs öffnet sich. Shak hat gerade angedockt. Er winkt mir grüßend zu. Ich erwidere seinen Gruß, flüstere noch einmal: „Zwei Babys", und hebe dann meine Gefährtin hoch und wirbele sie herum.

In diesem Moment gibt es keinen glücklicheren Draci als mich.

EPILOG

SHAK BLICKTE HINAUS AUF DIE INSEL UND BETRACHTETE ZUFRIEDEN, wie sein Volk frei auf dem neuen Planeten umherflog. Die Insel war von saftig grünen Pflanzen bedeckt, das Klima feucht und heiß von der Sonne. Dieser Planet war wirklich gesund und jung!

Shak lächelte seinem Bruder zu. Er war noch immer freudig überrascht, dass sie endlich Frieden geschlossen hatten ... und das *böse Ende,* das er immer befürchtet hatte, abwenden konnten.

Erster erwiderte sein Grinsen von der anderen Seite des weiten Gartens, wo er und Ezo damit beschäftigt waren, Steaks zu grillen. Shaks schöne Frau Juliet und ihre Freundinnen Ana und Giselle saßen zusammen in der Nähe der Kinder, die im Hof mit einem Ball spielten und dabei herumflatterten und durcheinanderpurzelten.

Vielleicht war das eine seltsame Macht dieser Erdenfrauen. Sie konnten selbst die Widerspenstigen seiner Spezies bezähmen. Irgendwie war es sogar gelungen *Erster* dazu zu bringen, über sein Ego hinwegzusehen und Vernunft anzunehmen. Wie Shaks Frau oft sagte: *Wunder gibt es immer wieder.* Das war eine irdische Redensart, die er sinnvoll fand.

Es gab wirklich viele Wunder in dieser Welt, auch wenn die Technologie noch ziemlich primitiv war.

Shak ging durch den Garten zu seiner Familie. Juliet verließ ihre Freundinnen, schwang sich die letzten Meter in die Lüfte und landete bei ihm. Ihre goldenen Flügel glitzerten in der Sonne. „Da bist du ja, Schatz. Ich habe schon gedacht, du könntest dich nie mehr von dem Videogespräch mit der Botschaft losreißen."

Shak beugte sich zu ihr hinab und küsste ihren süß duftenden Hals, wobei er seine Zunge leicht herausstreckte, um sie zu riechen.

Sie kicherte und schmiegte sich an seine Seite. Sie hatten bereits zwei Kinder, die im Garten spielten, aber er dachte, dass es an der Zeit war, ein neues zu machen, als er seine Arme um ihre Hüften legte.

Die letzten fünf Jahre waren wie im Flug vergangen. Die Umsiedlung seines Volkes in die Siedlungsgebiete auf der Erde war nicht immer leicht gewesen, aber sie hatten gut mit den Regierungen der Erde verhandelt. Natürlich war es ein enormer Trumpf in der Tasche, über drei riesige Raumschiffe zu verfügen, die mit der fortschrittlichsten Technologie angefüllt über dem Planeten kreisten, welche sie bereitwillig mit der Erde teilen wollten.

Sie hatten ihr Volk auf Inseln im Pazifik, im Mittelmeer und in der Nähe des südamerikanischen Kontinents angesiedelt und entsprechende Verträge mit den diversen Regierungen abgeschlossen.

Die Große Enthüllung fand ungefähr sechs Monate, nachdem sie sich niedergelassen hatten, statt – als die lokalen Anwohner auf den Inseln genug Fotos und Videos gemacht hatten, dass es bis in die ganze Welt gedrungen war, dass Außerirdische unter den Menschen lebten – nun, das war eine angespannte Zeit gewesen, das konnte Shak nicht bestreiten.

Aber gemeinsam hatten Shak und Erster es geschafft, die restlichen Draci dazu zu bewegen, ruhig zu bleiben und einen kühlen Kopf zu bewahren. Ihre erfolgreiche Arbeit, den Klimawandel umzudrehen, hatte ihrem Wahlplaneten bereits eine neue Lebenserwartung beschert, also war es nicht so, als würden sie „keine Miete zahlen."

Natürlich waren noch immer jede Menge Verschwörungstheorien im Umlauf, dass die Draci heimlich planten, die menschliche Spezies auszurotten. Aber zum größten Teil tat die menschliche Spezies, was sie anscheinend sehr gut konnte – sich anpassen.

Erster und seine Familie wohnten in der Siedlung auf der Mittelmeerinsel, da diese die zweitwichtigste Station auf der Erde war und Shak dort jemanden brauchte, dem er absolut vertrauen konnte, sie richtig zu leiten. Es war schön, dass er und seine Familie jetzt zu Besuch gekommen waren. Sie versuchten, sich mehrere Male im Jahr zwischen ihren vielen Reisen zu sehen. Sie waren beide sehr beschäftigt in ihren Eigenschaften als Könige und Repräsentanten ihrer jeweiligen Siedlung.

Shak hatte Ezo das dritte Königreich angeboten, aber er hatte es abgelehnt. Er hatte niemals König sein wollen, sagte, er wollte Fernsehjournalist und der erste Nachrichtensprecher der Draci-Nachrichten werden. Das war perfekt – er könnte ebenfalls in den irdischen Nachrichten und Fernsehsendungen erscheinen und über Draci-Politik sprechen. Er sah noch immer völlig menschlich aus und konnte sich überall als Mensch ausgeben. Es bereitete Ezo die größte Freude, zu reisen und alles, was mit dem menschlichen Alltag zu tun hatte, zu studieren. Ana begleitete ihn, wann immer sie konnte und Juliet war immer gern bereit, die Zwillinge zu betreuen.

Wenn Shak reiste, war er immer von Geheimagenten umringt und meistens nachts unterwegs. Er hatte auch eine menschliche Gestalt, aber im Gegensatz zu Ezo hatte er sich dem Erdenvolk als König aller Draci zu erkennen gegeben. Er war das freundliche Gesicht seiner Spezies. Als ein Filmteam die Erlaubnis erhielt, eine Dokumentation auf der Pazifikinsel zu drehen, waren es sein Gesicht und seine Familie, die sie sahen. Das war eine ziemliche Verantwortung, aber eine, die er gern an Stelle seines Vaters übernehmen wollte.

Es war eine Freude zuzusehen, wie sein Volk auf den Inseln gedieh, zwischen denen er ständig hin und her reiste. Eine Freude, die er sich in den dunkelsten Tagen der zweihundert Jahre dauernden Reise durch den Weltraum ins Unbekannte nie hätte vorstellen können, nachdem sie ihren zerstörten Planeten verlassen hatten. Sie hatten geschäftige, lebendige Städte auf den Inseln errichtet. Es gab Programme für den kulturellen Austausch zwischen Menschen und Draci.

Er hatte erst gerade mit dem deutschen Botschafter besprochen, einen der Ältesten der Draci, der die Geschichtsarchive führte, als Gastprofessor für ein Semester in eine der bekanntesten Universitäten einzuladen. Seit ihrer Ankunft hatte es bereits ähnliche Gedankenaustausche zwischen Regierungsabgeordneten und den besten Draci-Ingenieuren gegeben, aber dass diese nun in aller Offenheit stattfanden – das war ein großer und aufregender Schritt vorwärts in der Beziehung zwischen Menschen und Draci.

„Was grinst du so?“, wollte Juliet wissen und kniff Shak

in den Bauch. Er grunzte und griff nach ihrem Handgelenk, aber sie zog es zu schnell zurück.

„Ich bewundere den Fortschritt, den wir seit unserer Ankunft hier gemacht haben", antwortete er ehrlich. „Ich hätte niemals zu hoffen gewagt, dass es so gut laufen würde. Es ist, wie nennt ihr das noch mal, wenn eure komische Gottheit etwas schafft, was eigentlich unmöglich ist..."

„Hey!" Juliet versetzte ihm einen Schlag auf die Brust. „Ein bisschen mehr Respekt, bitte."

„Was?"

Sie verdrehte die Augen. „Ein *Wunder*. Es ist ein Wunder, dass alles so gut gegangen ist."

„Ja! Genau. Und deshalb bist du die ideale Frau für mich. Deine Gedanken schlagen oft die gleiche Richtung ein wie meine."

„Wie charmant du wieder bist", entgegnete sie trocken.

Shak zog die Augenbrauen in die Höhe. „Bin ich das nicht?" Er umschlang ihre Taille und zog sie an sich.

Sie kicherte und schüttelte den Kopf. Dann schlang sie die Arme um seinen Körper und sah ihn mit strahlenden Augen an. „Es ist einfach nicht fair, dass du immer mit allem davonkommst."

Er grinste sie an und beugte sich zu ihr hinab, wobei er seine Zunge hervorschnellen ließ, um sie zu schmecken, bevor er seine Lippen auf ihren köstlichen, vollen Mund legte. *Bei allen Ältesten*, was hatte er für ein Riesenglück gehabt, als er dieser Frau begegnete.

Er drückte sie noch fester an sich. Seine Männlichkeit schickte sich bereits an, hervorzutreten, als er ihren weichen Körper an seinem spürte.

Sie erbebte, rückte etwas von ihm ab und schnappte nach Luft, als sei sie plötzlich außer Atem geraten. Sie sah sich rasch nach links und rechts um und nahm dann seinen Arm.

„Schnell", drängte sie. „Alle sind beschäftigt. Wenn wir uns beeilen, dann können wir…"

„Du nimmst mir das Wort aus dem Mund, mein schlaues Weib", entgegnete Shak, nahm sie bei der Hand und zog sie mit sich fort. Schnell eilten sie durch den Garten. Seine Gäste hätten sicherlich nichts dagegen, wenn er kurz verschwand, um sich mit seiner Frau zu vergnügen.

Schließlich musste man als König ja auch gewisse Vorteile genießen.

WILLST DU MEHR SCIENCE-FICTION-ROMANTIK VON STASIA?

Lesen Sie weiter, um eine Vorschau von Von Ihnen Beschützt zu erhalten…

https://geni.us/VoIhBe-DE-n

VORSCHAU VON VON IHNEN BESCHÜTZT

AUDREY
Drei Wochen zuvor

„Wasser!", rief Audrey ihrem Bruder Charlie zu. „Siehst du, ich habe dir gesagt, dass es zu Wasser führt!" Sie warf ihren Rucksack ab und lief die letzten Meter zu dem kleinen Bach, der aus den Felsen heraustrat.

Sie waren stundenlang einem schlammigen Graben folgend bergauf gewandert. Und endlich, *endlich* hatten sie die Quelle gefunden.

Und Gott war sie durstig. Sie hatte seit eineinhalb Tagen nichts getrunken und die Hitze in Texas war strafend — aber sie warf immer noch ihre erschöpften Hände in die Luft und tanzte ein bisschen ausgelassen.

Charlie verdrehte die Augen nach ihr. Er war nur zwei Jahre älter als ihre zweiundzwanzig, aber er tat gern so, als sei er sooooo überlegen. Das hielt ihn nicht davon ab, seinen Blechbecher aus ihrem Rucksack zu nehmen und sich kurzerhand vor den Felsen auf die Knie zu werfen. Er legte seine Hand unter den Becher und leckte das Wasser von seinen Fingern, das es nicht reinschaffte.

Sobald sich das kleinste bisschen Wasser am Boden sammelte, hielt er es Audrey entgegen. „Trink.“

Sie schüttelte den Kopf. „*Du* trinkst.“ Ihre Kehle fühlte sich roh an, weil sie so trocken war, aber sie krächzte trotzdem: „Ich habe gesehen, dass du gestern das letzte Wasser in meine Flasche geschmuggelt hast. Du musst dich nicht immer um mich kümmern. Mir geht es gut.“

„Weniger reden, mehr trinken, Baby-Schwester.“ Er hielt ihr wieder den Becher hin.

Sie verschränkte die Arme und blickte ihn an. „Ich kann dich jeden Tag an Sturheit übertrumpfen“, krächzte sie. „Erinnerst du dich an die grünen Bohnen?“

Er rollte wieder mit den Augen, schluckte aber das Wasser aus der Tasse.

Sie grinste, weil sie wusste, dass sie beide sich daran erinnerten, was zur Familienlegende der Dawsons geworden war — die Zeit, in der sie einst das ganze Wochenende am Esstisch saß, als sie sieben Jahre alt war, weil Dad sagte, sie könne den Tisch nicht verlassen, bevor sie ihre grünen Bohnen gegessen hatte.

Also saß sie. Und saß. Und schlief mit dem Kopf auf dem Tisch. Und saß noch etwas länger, bis es am Montag Zeit war, zur Schule zu gehen.

Sie grinste Charlie an, aber er schüttelte nur den Kopf, als er die Tasse wieder auffüllte. „Ich dachte mir, wenn ich trinke, kriege ich das Wasser schneller in dich rein.“ Er überreichte sie, als sich am Boden eine kleine Wassermenge bildete.

„Bitte sehr, Fräulein Selbstversorgerin.“

Sie schenkte ihm ein zuckersüßes Lächeln und, da der Standpunkt klargestellt war, schnappte sie sich den Becher und schluckte jeden Tropfen runter. Bevor sie den Becher umdrehte und ihn beinahe sauberleckte.

Denn *verdammt*, sie war durstig. Hätten sie die Quelle nicht gefunden, hätte sie bald das Gesicht in den Schlamm gesteckt und angefangen, daran zu saugen.

Sie und Charlie nahmen jeweils mehrere Schlucke und reichten den Becher hin und her. Dann lehnte er sich wieder an einen Stein und schloss die Augen.

Er sah müde aus.

Hundemüde.

Und magerer, als vor gerade mal einer Woche, als sie Onkel Dale verlassen hatten.

Sie sollten schon längst an der Küste sein. Aber zu ihrem zweifelhaften Glück ist dem Motorrad nach nur zwei Stunden Fahrt ein Reifen geplatzt. Sie waren nachts unterwegs, weil es sicherer war und sie müssen über Trümmer gefahren sein. Es hatte den Reifenmantel in Fetzen zerrissen.

Audrey wollte zu Fuß zu Onkel Dale zurückgehen. Es waren nur vierzig Meilen zurück. Aber *zweihundert*, um zur Küste zu gelangen.

Es wäre so viel sicherer für Charlie, wenn sie einfach zurückgingen. Aber Charlie wollte nichts davon hören.

Onkel Dale hat seine Wahl getroffen, war alles, was er dazu sagen wollte. Also gingen sie zu Fuß weiter. „Dad war so wütend", kicherte Charlie.

„Was?"

„Über dich und diese verdammten grünen Bohnen." Charlie schüttelte den Kopf, ein müdes Lächeln lag noch auf seinem Gesicht. „Ich habe ihn und Mom streiten gehört." Er senkte seine Stimme, um Dads nachzuahmen. *„Es geht nicht um die grünen Bohnen, Martha. Es geht um Respekt."*

Audrey schnaubte mit einem kleinen Lacher. „Nein, es waren hauptsächlich nur die Bohnen. Ich habe sie wirklich gehasst."

Dann blickte sie auf das wenig einladende Gestrüpp, die Stummelbäume und Kakteen, die die Landschaft um sie herum prägten.

Sie erinnerte sich daran, dass sie in ihrer Kindheit gedacht hatte, das Hügelland von Texas sei wunderschön. Jetzt sah es einfach aus wie ein wirklich harter Ort für einen Marsch von zweihundert Meilen.

„Ich würde jetzt für einen Teller grüne Bohnen wahrscheinlich töten", sagte sie, zog ihren Hut aus und ließ ihr langes rotes Haar aus der Enge fallen, was sie selten tat. „*Buchstäblich*. Es ist die Apokalypse, richtig? Ich wette, jemand hat irgendwo einen Gladiatorenkampf veranstaltet — der Gewinner bekommt den Teller mit den Bohnen."

„Oooh", schlug sie Charlie ans Bein, „wenn sie es nicht schon getan haben, könnten wir es tun. Ein High-School-Football-Stadion beanspruchen. Wir müssten nicht einmal bis zum Tod kämpfen. Nur bis zum ersten Blut. Wir würden ein Vermögen machen. So viele Bohnen, wie wir essen könnten und... „Aud -", unterbrach Charlie sie.

„Was?"

„Sieh dir den Becher an."

Audrey blickte auf den Becher, den Charlie an den Felsen gehalten hatte. Er war halb voll mit Wasser, sie hatten bisher nicht die Geduld gehabt, so viel anzusammeln.

Er lächelte breiter. Die Sommersprossen auf seiner Nase waren dunkler als je zuvor geworden, bei all der Sonne, die sie bekommen hatten und Audrey wusste, dass ihre genauso sein mussten. Sie hatten beide die gleiche

Färbung, von den Sommersprossen bis zu ihrem leuchtend rot-orangenen Haar.

„Trink aus, damit du mir mehr über deine neue Idee erzählen kannst. Du weißt schon, wie wir bis zum Hals in Bohnen stecken werden."

Sie kniff die Augen vor ihm zusammen, nahm aber den Becher. Sie trank die *Hälfte* und reichte ihm den Rest.

„Weißt du noch, was ich darüber sagte, dass du dich nicht um mich kümmern sollst?"

Er seufzte und sah wieder müde aus. „Es ist keine schlechte Sache, dass ich auf dich aufpassen will, kleine Schwester. Du bist eine wertvolle Fracht."

Ihr Mund wurde schmaler und sie schaute weg. „Erinnere mich nicht daran."

„Hey", sagte er, streckte die Hand aus und knuffte ihren Arm. „Ich meinte nicht wegen Xterminate."

Ihr ganzer Körper verkrampfte sich, als sie überhaupt den Namen des biotechnologisch hergestellten genetischen Virus hörte, der seit einem Jahrzehnt fast neunzig Prozent der weiblichen Weltbevölkerung dezimiert hatte.

„Ich meine, weil du meine Schwester bist", fuhr er fort. „Das ist es, was große Brüder tun. Wir passen auf unsere nervigen kleinen Scheißhaufen-Schwestern auf."

Sie wurde wütend, aber sie erwiderte nichts. Sie wusste, dass er so fühlte. Aber wann würde er es verstehen? Sie war nicht irgendeine kostbare Vase, um deren Schutz er sich ständig sorgen musste. Sie war nicht nur eine *Fracht*.

Sie hatte die letzten acht Jahre in Onkel Dales Bunker verbracht und gelernt und trainiert. Sie hatte mit Onkel Dale Kampfkünste praktiziert, alle seine Feldhandbücher fünfzigmal komplett gelesen, in denen die essbaren einheimischen Pflanzen und Beeren aus Zentraltexas beschrieben wurden und war zu einer wahren Kennerin des Kochens von Konserven über einem Bunsenbrenner geworden.

Alles, damit sie, wenn und falls der Tag endlich käme, an dem sie den Bunker verlassen müssten, kein nutzloses Mädchen in Not sein würde.

Aber hier war Charlie und behandelte sie, wie Dad es immer tat.

Und schau, was das Dad gebracht hat. Ein Schauer lief ihr über den Rücken.

„Ich gehe ein wenig auf Erkundungstour", sagte Charlie, nachdem er das Wasser in der Tasse ausgetrunken hatte. „Du bleibst hier und füllst unsere Flaschen auf."

„Sei vorsichtig", sagte sie, ihre Kehle war plötzlich zugeschnürt. Scheiße, das Letzte, was sie jetzt tun sollte, war an Dad zu denken.

„Bin ich immer." Er ließ sein Lächeln mit Grübchen aufblitzen, als er aufstand und zu den Bäumen links von ihnen ging.

Sie atmete tief ein und wieder aus. Sie fing an, ihr Haar neu zu flechten, um es wieder unter die Mütze zu stecken. Sie hätte ihn gar nicht erst absetzen sollen, aber die Haarnadeln hatten sie stundenlang geziept und verrückt gemacht.

Ihre Brüste waren auch eingewickelt. Mit der Mütze sollte sie wie Charlie aussehen — nur ein dünner rothaariger Typ, der versuchte, in dieser schönen neuen Welt zu überleben.

Sie musste sich auf das Positive konzentrieren. Es war genug, dass sie einen weiteren Tag überlebt hatten. Und Wasser gefunden hatten. Sie konnte hier den ganzen verdammten Tag sitzen und Schluck für Schluck trinken.

Die Sache war die ... egal wie sehr sie gedacht hatte, dass sie sich vorbereitet hatte, sie hatte keine Ahnung gehabt, wie *hart* es draußen sein würde.

Sie bereute es, dass sie sich je über Langeweile in Onkel Dales Atombunker beschwert hatte. *Man weiß erst, was man hat, wenn es weg ist,* war das nicht die Redewendung? Oder ein Lied? Irgendwas.

Das Gras auf der anderen Seite des Zaunes war nicht grüner ... oder außerhalb des Bunkers.

„Ich hätte nie gedacht, dass ich diese doofen hässlichen Betonwände vermissen würde", murmelte sie, bevor sie noch einen Schluck Wasser trank. Sie war fertig damit, ihr Haar zu flechten. Und jetzt der Haargummi —

„Lauf!" Charlies panischer Schrei zerriss die Luft. „Audrey, lauf!"

Audrey verschüttete die Tasse Wasser, als sie auf die Füße sprang und sich umdrehte.

Gerade noch rechtzeitig, um einen riesigen, furchterregenden Mann zu sehen, der mit Tattoos bedeckt war und mit einem Schläger auf Charlies Kopf hieb.

**In der Neuen Republik muss jede Frau fünf
Männer heiraten.
So ist das Gesetz.
Willkommen zur Apokalypse.**

Bestellen Sie jetzt Von Ihnen Beschützt, damit Sie nichts verpassen!

https://geni.us/VoIhBe-DE-n

WILLST DU EIN KOSTENLOSES LIEBESBUCH VON STASIA?

Als Mias Freund sie zu ihrem sechsjährigen Jubiläum in ihr Lieblingsrestaurant einlädt, erwartet sie einen Vorschlag. Was sie nicht erwartet hatte, war, dass der langjährige Rivale ihres Freundes, Vaughn McBride, auftauchte und ein ganz anderes Angebot machte: Alle Schulden ihres Freundes werden abgewischt. Der Preis? Eine Nacht mit ihr.

Holen Sie sich jetzt Unanständig!
https://bookhip.com/FPGXMP

BÜCHER VON STASIA BLACK

Die Draci-Außerirdischen

Die Besessenheit meines Außerirdischen
(https://geni.us/DiBeMeAu-DE-w)

Das Baby meines Außerirdischen
(https://geni.us/DaBaMeAu-DE-w)

Mein außerirdisches Scheusal

Eine dunkle Stieffamilien-Liebesgeschichte

Daddys Süßes Mädchen (geni.us/DaSuMa-DE-w)

Tabu: Ein dunkles Romantik-Box-Set

(geni.us/Tabu-DE-w)

Dunkle Liebe im Geheimbund-Reihe

Elegante Fehltritte (geni.us/ElFe-DE-w)

Wunderschöne Lügen (geni.us/WuLu-DE-w)

Unzähmbares Verlangen (https://geni.us/UnVe-DE)

Geerbte Bosheit (https://geni.us/GeBo-DE)

Die Heirats-Verlosungen-Reihe

Von Ihnen Beschützt (geni.us/VoIhBe-DE-w)

Von Ihnen Vergnügt (geni.us/VoIhVe-DE-w)

Von Ihnen Geheiratet (geni.us/VoIhGe-DE-w)

Von Ihnen Angestachelt (geni.us/VoIhAn-DE-w)

Von Ihnen Freigekauft (geni.us/VoIhFr-DE-w)

Die Heirats-Verlosungen Box-Set
(geni.us/DiHeVe-DE-w)

Die Ländliche Leidenschaft-Reihe

Die Jungfrau und das Biest
(geni.us/DiJuUnDaBi-DE-w)

Hunter (geni.us/Hunter-DE-w)

Die Jungfrau von nebenan (geni.us/DiJuVoNe-DE-w)

Reece (geni.us/Reece-DE-w)

Die Düstere Liebe-Reihe

Gefährliche Leidenschaft (geni.us/GeLe-DE-w)

Zerbrechliche Herzen (geni.us/ZeHe-DE-w)

Düstere Liebe Box-Set (geni.us/DuLiBo-DE-w)

Wohliger Schmerz (geni.us/WoSc-DE-w)

Die Liebe des Biestes-Reihe

Die Gefangene des Biestes (geni.us/DiGeDeBi-DE-w)

Die Rache des Biestes (geni.us/DiRaDeBi-DE-w)

Die Liebe des Biestes (geni.us/DiLiDeBi-DE-w)

In den Fängen des Biestes (Box-Set)
(geni.us/InDeFaDeBi-DE-w)

Die Unschuld-Reihe

Unschuld (geni.us/Unschuld-DE-w)

Das Erwachen (geni.us/DaEr-DE-w)

Königin der Unterwelt (geni.us/KoDeUn-DE-w)

Unschuld: Die komplette Trilogie (Box-Set)

(geni.us/UnBo-DE-w)

ÜBER DEN AUTOR

STASIA BLACK ist in Texas aufgewachsen. Nach fünf kurzen frostigen Jahren in Minnesota und ist nun glücklich im sonnigen Kalifornien beheimatet, das sie niemals wieder verlassen wird.

Sie liebt es zu schreiben, zu lesen, sich Podcasts anzuhören und nach einer zwanzigjährigen Pause hat sie kürzlich wieder mit dem Radfahren angefangen (und hat die entsprechenden Beulen und blauen Flecken, die das beweisen). Sie lebt mit ihrem persönlichen Cheerleader, aka ihrem gutaussehenden Ehemann und ihrem Teenager zusammen. (Wow, jetzt fühlt sie sich alt.) Und über sich selbst in der dritten Person zu schreiben, lässt sie ein wenig wie eine Spinnerin aussehen. Aber gut, wo waren wir?

Stasia fühlt sich zu romantischen Geschichten hingezogen, die sich nicht für den leichten Weg entscheiden. Sie will hinter die Fassade der Menschen blicken und ihren dunkelsten Stellen herausfinden, ihre verdrehten Motive und tiefsten Bedürfnisse. Im Grunde will sie Charaktere erschaffen, die die Leser abwechselnd lachen und weinen lassen und sie am liebsten ihr Kindle quer durch den Raum werfen wollen, nur um dann bekanntzugeben, dass sie einen neuen BBF (Besten-Bücher-Freund) haben.

Newsletter: geni.us/SBA-nw-de-cont-w
Website: stasiablack.com

Facebook: facebook.com/StasiaBlackAuthor
Twitter: twitter.com/stasiawritesmut
Instagram: instagram.com/stasiablackauthor
Goodreads: goodreads.com/stasiablack
BookBub: bookbub.com/authors/stasia-black